KB161761

아빠와 이별하는
조금은 특별한 방식

아팠던 기억을
아름다운 기억으로

아빠와 이별하는
조금은 특별한 방식

김석미 지음

이담
Books

사랑하는 부모님께

들어가는 글

우리는 자신만의 방식으로 이별을 한다. 부모와, 배우자와, 자녀와, 반려동물과, 때로는 자신과. 상담을 하다 보면 사랑하는 대상을 떠나보내는 방식이 다양하다는 것을 느낀다. 이제는 그만 슬퍼해도 될 만큼 많은 시간이 흘렀어도 처음과 똑같이 슬퍼하는 사람, 너무 담담해서 오히려 걱정이 되는 사람, 일이나 애완동물 같은 다른 대상에 집착해서 슬픔에 쓸 에너지마저 없는 사람들이 있다.

나는 20년이 넘도록 아빠의 죽음을 예상하고 준비해왔기에, 언젠가 그날이 오더라도 아빠를 담담하게 떠나보낼 수 있다고 믿었었다. 하지만 그 믿음은 착각이었다. 내가 사는 이 세계에 아빠의 공간이 없다는 사실이 시간이 갈수록 진하게 느껴졌다. 윗주머니가 달린 셔츠에 볼펜을 잔뜩 꽂고 구부정하게 앉아서 종이를 자르거나 낙서를 하던 아빠가 이제는 계시지 않는다. 쿠폰이나 가짜 돈을 '이게 좋은 거야~'라며 선심 쓰듯이 주시던 아빠가 더 이상 계시지 않는다. 스스스스 … 방을 발바닥으로 끌며 걸으시던 아빠의 소리도 함께 사라졌다.

정리되지 않은 아빠와의 추억만이 무의식의 세계에서 나와 주변을 둥둥 떠다닌다. 아빠를 떠나보내려면 기억의 파편들을 모아서 다시 묻거나 아니면 아예 가루로 만들어 바람이 되게 하는 방법밖에 없다. 아마도 사는 동안 계속될 작업일 수도 있으나 이제 첫발. 내가 감당할 만하여 튀어나와 버린 기억들을 재구성하여 떠나보내려 한다. 이것이 내가 아빠와 이별하는 방식이다.

2~3년 전쯤부터 아빠의 삶이 얼마 남지 않았다는 것을

느꼈는지 마음이 조급해졌다. '김 지점장'이란 책을 아빠 품에 안겨드리는 상상을 하면서 글을 쓰고 지우기를 얼마나 많이 했는가. 결.국. 아빠 살아생전에는 책을 안겨드리지 못했다.

2019년 나의 첫사랑인 아빠가 이 세상을 떠났다.
"엄마가 섬 그늘에 굴 따러 가면
아가는 혼자 남아 집을 보다가
바다가 들려주는 자장노래에 팔 베고 스르르 잠이 듭니다."

술 한잔 거나하게 걸치고 들어오신 아빠의 구슬픈 노랫소리는 여전히 들리는 듯하다. 내게 많은 영향을 끼쳤던 아빠와의 기억은 내가 어떤 사람인지를 말해주는 특정한 기억들이다. 억압되어 있었던 아빠와의 기억을 나만의 언어로 표현하지 않는다면 진정으로 아빠를 보내드릴 수 없을 것 같아 이제, 떨어져 있는 기억 조각들을 연결하여 맞추고자 한다. 눈물을 흘려야 할 때, 눈물 한 방울도 흘리지 않은 적이 많았다. 무너질 것 같아서, 단단히 마음에 갑옷을 입은 채로 아무렇지 않은 척했다. 이제야, 조금은 용기가 생겨서 갑옷을 벗고 내 안의 나를 만나 조작된 기억들을 바로잡으려 한다. 재구성한 기억들 또한 사실이 아닐 수 있다. 십 년 후 이 재구성의 기억들을 또 다른 옷으로 갈아입히더라도 현재의 내게 의미 있는 기억들을 써나가고자 한다. 분명, 내게는 너무나 특별한 아빠와의 이별을 위한 과정에 이보다 적절한 방법은 없으리라. 어른으로서의 아빠, 그리고 그 후 아가로서의 아빠와 안녕.

차 례

2부
다른 세계

4부
이별

1부

⋮

내 첫사랑, 김 지점장

아빠는 그 어떤 어려움도
　 스스로 이겨내야 하기에

진즉 인정했어야 했다.
아빠의 우울감이 깊어졌다는 것을.
오전 수업만 있어서 낮에 집에 들어올 때면
현관문을 열자마자
거실 한구석에 짐짝처럼 구겨져 있던 아빠의 모습
아무도 없는데 왜 늘 벽을 바라보고 앉아 계셨을까?
현관을 등지고 앉은 아빠 앞에는
언제나 소주 한 병이 오래된 친구처럼 놓여 있었다.
누가 들어오는지도 모르는 채
아빠는 가구처럼 정지해 있었기에

나도 까치발로 살금살금
방 안으로 숨어 들어가곤 했는데…
그 날은 그만 눈이 마주쳐 버렸다.

뒤돌아보는 아빠의 시선과
내 시선이
허공에서 멈칫,
모른 척하기에는 너무 오랫동안 멈추어 있어서
아빠의 눈동자와 내 눈동자가 섞이는 줄만 알았다.
아빠의 눈자위는 어느새 핏빛이 감도는
흙빛으로 변해 있었다.

벽으로 향한 아빠를 돌려
서로 마주 보고 앉아
차라리
함께 소주 한잔 걸쳤다면
아빠도 나도 덜 부끄러웠을까?
못된 짓 하다 걸린 어린아이 같은 아빠를 차마
가볍게 마주할 용기가 없어서
못난 나는 뒷걸음치며 현관문을 나왔다.

그날
나는 아무것도 보지 못했다.
세상 사람이 아닌 듯
누렇고 흐린 눈동자의 아빠를 나는 보지 못했다.
그 집에 있었던 사람은 아빠가 아니다.
아니, 내가 헛것을 본 것이다.

우리 가족은 다 알고 있었다.
아빠가 우울증이라는 것을.
그런데도 모두가 모른 척했다.
아빠가 우울증이라는 것을 인정하는 순간,
우리를 지탱해주는 마음의 기둥이 사라질까 봐.
아빠 스스로 우울증을 이겨내고 멋지게 변신하리라는
가망 없는 희망을 가지고 있었다.
깊은 우울의 늪에 빠져 혼자 힘으로는
도저히 나올 수 없는 절망의 늪으로
아빠는 점점 깊게 빠져 들어갔다.

고독한 남자와의 데이트

우리 집은 동네에서 창이 가장 큰 삼층집으로 삼거리 한 가운데 있었다. 동네에서 가장 높았던 집 거실의 통유리로 는 뒷산과 내가 다니던 초등학교가 보였고, 방 창문으로는 버스 정류장까지 쭉 뻗은 큰길과 엄마의 약국이 보였다. 엄 마는 아침 6시면 일어나셔서 7시면 약국 문을 열고 밤 11 시가 되어야 집에 들어오셨다. 아빠도 예외는 아니어서 밤 10시면 빠른 귀가 시간에 속했다.

아빠는 일주일에 3~4번은 술을 드셨는데, 늘 센베이(고 급 양과자)를 사가지고 들어오셨다. 좀 과하게 술을 드셨거 나 술친구를 데리고 들어오신 날에는, 자고 있는 딸을 깨워 서 피아노 반주를 하게 했다. 노래를 좋아하셨을 뿐만 아니 라 가수 뺨치게 노래를 잘 부르셨던 아빠는 어린 반주자의 경제관념을 생각하지도 않고 반주비로 고액의 용돈을 주시 곤 했다. 내 돈 씀씀이가 커진 첫 번째 원인인 듯하다.

고향의 봄, 하숙생, 섬집 아기, 그리운 금강산, 방랑자, 과 수원길, 사월의 노래, 세월이 가면….

아빠의 레퍼토리 덕분에 '사월의 노래'와 '세월이 가면'은 내 애창곡이 되었다.

나와 아빠의 우정은 노래로부터 시작되었는지도 모른다. 비가 오거나 눈이 내리는 토요일 오후나 일요일에는 너른 창가에서 아빠와의 데이트가 있었다. 우리는 신에 대해, 우정에 대해, 사랑에 대해 이야기했다. 아빠가 나를 진정한 대화 상대로 여긴다고 믿었기에 나는 대화에 진지하게 임했다. 초등학교 고학년이 되었을 때는 어른이 된 것처럼 우쭐해져서는, 겉멋이 단단히 들어 이해도 안 가는 어려운 책들을 닥치는 대로 읽기도 했다.

"아빠 같은 사람하고 결혼할 거야."
"아빠가 어떤 사람인데?"
"내가 젤 좋아하는 사람, 그리고 착한 사람."
"결혼은 말이야, 사랑하는 사람하고 하는 게 아니야."
"그럼 아빠는 엄마를 사랑하지 않아?"
"아니, 너무너무 사랑하지. 그래서 결혼했지."
"그런데 왜 나한테는 사랑하는 사람하고 결혼하지 말라고 해?"
"결혼하니까 많은 것이 달라져서…."
"어떤 게 달라졌는데?"
"낭만이 없어졌어. 엄마는 일만 하고, 재미가 없네…. 후후."
"그래서 결혼한 것 후회해?"

"덕분에 딸도 생겼는데 후회하면 안 되지."

"별로 좋게 들리지 않는데…, 그럼 결혼하고 나면 사랑은 없어지는 거야?"

"아니~ 다른 타입의 사랑이 생기지."

"어떤 타입?"

"깊이도 방향도 조금은 다른 사랑, 우정 같은?"

"그런 게 어디 있어? 그래서 아빠는 지금 행복하지 않다는 거야?"

"엄청 행복하지… 행복한데 점점 외로워지네…."

"그럼 안 좋은 거네. 그럼 나, 결혼 같은 거 하지 말까?"

"무슨 소리야, 해야지. 대신 조건이 있어. 아빠보다는 조금 더 약은 사람하고 해라."

"왜? 아빠 같으면 안 돼?"

"응. 바보 같아."

"아빤 바보가 아니야, 착한 거지."

"요즘 세상엔 착한 게 좋은 게 아니야, 남들에게 이용만 당하고 가족도 고생할 수 있어."

"그래도 난 착한 게 좋더라, 엄마도 착하잖아."

"엄마도 착하지. 그러니까 더 힘들다고."

"뭐가 더 힘들어, 둘 다 착한데. 암튼 알았어. 아빠보다는 쪼끔 더 약은 사람하고 결혼할게. 근데 아빠는 엄마랑 언제 데이트해?"

"못 하지. 엄마가 너무 바쁘니까."

"아빠도 바쁘면서 뭐, 일찍 좀 들어와."

"일찍 들어와도 재미가 없으니까 매일 늦는 거지."

"나랑 놀면 되지, 술 먹고 들어와서 깨우기나 하지 말고…. 할머니가 늘 저녁 차려놓고 기다리시는데~."

"그랬어? 미안하네…. 내가 생각해도 너무 술을 많이 마시긴 하네…. 외로워서 그런가?"

아빠는 외로운 사람이었다. 주변에 사람들은 끊이질 않았지만 아빠의 얼굴에는 고독이 묻어 있었다. 그래서 멋있었다. 어린 내게도 느껴질 정도의 고독이니 다른 어른 사람들에겐 아빠의 고독이 얼마나 잘 느껴졌을까? 엄마는 그런 아빠를 외롭게 두어도 되었을까? 무슨 자신감이 엄마로 하여금 아빠를 자유롭게 내버려 두었을까? 하긴 엄마가 구속하면 할수록 멀어질 사람이 남편이라고 생각하셨는지도 모르겠다.

아빠 바꿀래?

우리 집 바로 옆집에는 친구가 살고 있었다. 베란다로 나아가 고개를 내밀어 아래를 보면 친구네 반지하 집으로 들어가는 계단이 보였다.

집이 거의 붙어 있어서인지 친구는 우리 집에 자주 놀러 왔다가 밤늦게까지 놀다 가곤 했는데, 어느 시점부터인가는 토요일마다 아예 늘 우리 집으로 하교를 했다. 나중에 안 일이지만 친구는 우리 아빠를 상상 이상으로 좋아했다. 토요일에는 아빠가 오전 근무만 했기 때문에 친구는 아예 우리 집으로 하교를 했던 것이다.

"난 네가 부러워. 아니 너희 아빠 같은 아빠를 가진 니가 부러워. 우리, 아빠 바꿀까? 바꿀 수만 있다면 얼마나 좋을까?"

"말도 안 되는 소리 한다. 아빠를 어떻게 바꾸냐? 왜? 너희 아빠는 어떤데?"

묻고 싶지도 않은 말이 나와 버렸다.

친구 아빠가 부지깽이를 들고 친구를 두들겨 패는 광경을 여러 번 목격했기 때문이었다. 도망치는 친구를 현관 밖에까지 부지깽이를 휘두르며 쫓아와 잡아서는 개 패듯 패는 광경을 차마 보았다고 말할 수는 없었다.

"우리 아빠? 인간도 아니야, 어서 빨리 어른이 되어 집에서 탈출하고 싶어." 어깨를 부르르 떨며 친구는 말을 이었다.

"어제는 별일이 다 있었다. 집에 돌아오는데 앞에, 유치원생 정도 되어 보이는 아이가 아이스크림을 핥으면서 걸어오는 거야. 드레스 같은 옷을 입고 비단 리본 핀을 달고는 말이야. 아이스크림이 환장할 정도로 먹고 싶어서인지, 예쁜 그 아이 모습이 더 꼴 보기 싫었어. 난 학교나 교회에서 주는 간식 이외에 내 돈 주고 아이스크림을 사 먹은 적이 한 번도 없었거든. 아! 네가 많이 사 줬다. 아이스크림! 과자도 많이 사 주고. 나는 내 돈으로 아이스크림을 한 번도 사 먹은 적이 없는데 저 애는 맛있는 아이스크림을 매일 사 먹겠지?라는 생각이 들자 화가 나 견딜 수 없었어. 그래서 그 아이의 아이스크림을 뺏어 먹었어. 아주 맛있게 먹었어, 울면서. 나도 너희 아빠 같은 아빠를 두었다면 이렇게 나쁜 애가 되진 않았을 거야. 내가 특별히 잘못한 일도 없는데 왜 나는 못된 아빠를 만나고 어떤 사람들은 좋은 아빠를 만났을까? 나쁜 짓인 줄 알면서도 아이스크림 뺏어 먹은 거 후회, 전~혀 안 된다."

나는 아빠의 노래에 맞춰 피아노 반주 한번만 하면 어마어마한 용돈을 받았기에 돈이 많았다. 친구들과 군것질을 할 때면 당연히 내가 돈을 다 내곤 했는데, 지금에야 생각해보니 내 자연스러운 그런 행동이 친구들에게 상처가 되었을지도 모르겠다.

친구의 아이스크림 사건 이후 일요일 아침이었다.

친구가 아빠의 폭력을 피해 도망치는 모습을 3층에서 내려다보고 있는 내 눈과 하필이면 하늘을 올려다보는 친구의 눈이 딱 마주쳤다. 친구가 그 자리에서 넋이 빠진 듯 서 있는 바람에 아빠에게 잡혀버렸고 무안해져버린 나는 후다닥 자리를 피했다. 친구는 다시는 우리 집에 놀러 오지 않았다.

착하고 착하던 친구는 중학생이 되면서 롤러스케이트장에 다니기 시작했다. 돈이 어디서 났는지는 모르지만.

우연히 학교에서 마주쳐 반가워하는 나를 보며 친구가 말했다.

"이제부터 나 아는 체하지 마. 너랑 나는 가는 길이 달라. 나랑 친했다가는 어떻게 될지 모르니까 우리는 이제 모르는 사이인 거야. 알았어? 다 너를 위한 거야."

서운한 마음이야 이루 말할 수 없었지만 친구에게는 내가 범접할 수 없는 어른의 아우라가 생겨버렸다. 친구는 반은 어른이 된 듯했다.

친구는 다음 해인 중학교 2학년 때 신체검사를 받다가 우연히 임신이 된 사실이 발견되어 학교를 그만두었고 친구의 아빠는 딸을 공장으로 보내버렸다. 간혹 들리는 소식으로는 친구는 철창이 달린 공장 기숙사에 감금되어 있고 친구가 번 돈은 꼬박꼬박 친구의 아빠에게 보내져서 술값으로 쓰인다고 했다.

중학교 2학년 후반쯤 드디어 나도 생리를 시작했는데 친구 생각이 났다. 무서운 아빠와 단둘이 살고 있던 친구는 첫 생리를 어떻게 처리했을까? 아빠에게 말도 못 했을 것 같다. 생리대를 살 돈은 어디서 구했을까? 롤러스케이트장 비용을 대어주던 남자 친구에게서 받았을까? 그 남자 친구가 친구를 임신시켰을까? 그 남자 친구는 임신 사실을 알고도 친구에게 남아 있었을까, 떠나갔을까? 친구에게 첫 생리의 경험은 예쁘지 않았을 것 같다. 아니 악몽이었을 것 같다.

아빠는 내게 레이스로 된 빨간 팬티와 브래지어를 첫 생리 기념 선물로 사 주셨다. 보이시한 이미지의 나였기에 겉으로 내색은 하지 않았지만 은근히 기분이 좋았다. 레이스 속옷은 어른들이나 입는 것이라 생각했기에 나도 어른으로 대접받는 것 같았기 때문이다.

엄마는 애한테 그런 야한 속옷을 선물한다며 아빠에게 한 소리 하셨다.

"애가 참 저런 속옷을 퍽이나 입고 다니겠다, 돈만 버렸네. 당신이란 사람은 생각이 있어? 도대체… 하는 짓을 보면 애라니까, 애."

생리를 시작한 이후의 나는 여전히 겉옷은 남자애처럼 입고 다녔지만 속옷만은 예쁘게 입고 다녔다. 그리고 지금도 나는 여전히 예쁜 속옷을 좋아한다.

아빠와 연결된 소녀의 기억은 늘 예쁘다.

\# 엄마의 복수

고주망태가 되어 돌아온 아빠에게 엄마가 잔소리를 엄청나게 쏟아부었던 날들이 수없이 많았지만, 유난히 선명하게 기억되는 날이 있다.

11시가 넘어서 약국 문을 간신히 열고 들어온 당신의 손에는 커다란 종이 봉지가 들려 있었다. 술을 거나하게 드시고 돌아오던 보통의 날들처럼 고급 양과자를 사가지고 오셨나 했다.

"우리 사랑하는 마누라~ ○○ 씨~" 하며 한 손을 엄마에게 향하는 순간, 엄마가 종이 봉지를 내리치셨다. 양과자가 아니었다. 빨간 사과들이 쏟아지며 데굴데굴… 약국 바닥에서 뒹굴뒹굴했다. 그 광경을 본 엄마는 화가 크게 나셨는지 어디론가 나가버리셨다. 아빠는 한참을 서글프게 뒹굴뒹굴하는 사과들을 쳐다보더니 갑자기 큰 눈에서 닭똥 같은 눈물을 흘리셨다.

"나 같은 놈은 죽어야 돼. 마누라 고생만 시키고. 이러려고 당신을 데려온 게 아닌데, 죽어도 싸. 나는 으흐흑… 바보 같은 놈…" 하시더니 양복 안쪽 호주머니에서 만년필을 꺼내 발등을 찍어대기 시작하셨다. 만년필의 뾰족한 촉은 양말을 뚫고 아빠의 발등을 사정없이 내리찍었다.

나는 때때로 아빠의 다리와 발에 듬성듬성 나와 있는 털을 뽑아주는 아르바이트를 하곤 했는데, 그날 만년필촉에 의해 깊이 파인 발등의 구멍에서 시뻘건 줄기가 나오더니 아빠의 서글픔이 빨간 줄기가 되어 새빨간 꽃으로 피어나는 꿈을 꾸었다.

다음 날, 푸르뎅뎅하게 부어오른 발등에 연고를 바르느라 정신없는 아빠를 보던 엄마는 기가 찼던지 남편이 가장 싫어하는 일을 당장에 행동으로 옮기셨다.

자연스러운 미를 좋아하던 아빠가 아주 싫어하던 성형수술을 해버린 것이다. 외꺼풀 눈의 소유자인 엄마는 쌍꺼풀 있는 커다란 눈에 대한 동경이 있어서 쌍꺼풀 수술을 하시고 싶어 하셨지만, 아빠는 강하게 반대했었다. 그 당시는 쌍꺼풀 수술이 유행이었던 때가 아니었기에 수술 후 엄마의 쌍꺼풀은 원래 눈보다 크고 진하게 되어서 엄마의 순수했던 이미지가 조금 사납게 변했다. 쌍꺼풀 하나로는 영~ 성이 차지 않으셨는지 이왕 손대는 거 한 방에 하자는 식으로 코까지 높이셨으니 처음엔 다른 여자인 줄 착각할 정도로 얼굴이 변해버렸다.

아빠는 한 달 정도 엄마의 얼굴에 적응이 안 되었는지, 보지 않으려고 피하다가 어쩌다 보게 되면 화들짝 놀라시곤 했다. 엄마는 일부러 얼굴을 남편의 얼굴에 들이대며 으하하하… 통쾌하게 웃곤 하셨다. 엄마가 예뻐지고 싶은 자신의 욕구에 의해 수술을 하셨다면 좋았으련만, 남편에게 복수하려고 자신의 좋은 이미지마저 변한 것이 내게는 의문이었다. 하긴 결과가 그렇게 될 줄 엄마가 알 수 없었으니까. 또 강하게 변한 이미지가 엄마에겐 마음에 들었을지도 모른다.

고등학생이었던 내게 두 분의 행동은 이루 말할 수 없이 유치찬란했지만, 자존심을 건 유치한 싸움도 사랑의 한 방식이었으리라.

내 남자 친구는 유부남

"어디 어디~ 남자 친구 사진 가지고 왔다고?"
몇 시간 만에 소문이 퍼져 친구들이 모여들었다.
"그럼, 끝내주게 잘생겼지~. 내가 보는 눈이 좀 높냐."
"어! 근데 좀 삭았는데? 뭐냐?"
"그리 보이나~~. 사실, 나 유부남 사귄다."
"미쳤어? 돌았군…."
"미치긴… 나이가 무슨 상관이야. 대화가 되는데…."
"정신 차려라…. 어떻게 만났어?"
"하하하! 믿었어? 내가 미쳤냐. 이 사람 우리 아빠야, 내 남자 친구. 진짜 잘생겼지?"
"와… 너랑 다르네…. 도대체 너네 엄마 어떻게 생기셨냐? 얼마나 못생기신 거야."
"뭐? 말 다했어? 우리 엄마도 나름 미인이거든."
"그럼 너 어서 나왔냐?"

아빠는 내 첫사랑이자 첫 남자 친구였다.
고등학교 시절 아빠의 증명사진을 지니고 다니며 내 남자 친구라고 자랑하고 다녔으니까, 당연히 내 또래의 남자애들에게 관심이 있을 리가 없었다.

나와 말이 통하는 지적인 남자, 바로 나의 아빠를 대신할 그런 남자를 고등학교 때까진 만나지 못했다. 내가 잘못한 건 아빠와 마주 앉아 두런두런 얘기를 했어야 되는 상대는 내가 아니라 엄마였어야 한다는 것이다.

'욕심이 없어서 큰일이다'라는 평가를 주변으로부터 심하게 받은 내게 남다른 욕심이 하나 있었는데, 바로 사람 욕심이었다.

어머니에게는 믿음직하고 친구 같은 딸.

아빠에게는 마음이 통하고 친구 같은 딸.

오빠에게도 편하고 친구 같은 동생이어야 했다.

친구들과 선생님들에게도 착한 사람이어야 했다.

그래서 화 한번 내지 않고 다 맞추며 살았다.

집안일을 해주시는 할머니에게도 나는 친절했다. 할머니는 그런 나를 기특하다며 '끼뜩이'라 부르시며 예뻐하셨다.

심지어 중학교 때 친구들은 나를 두고 이런 내기를 한 적도 있었다. 나와 친한 친구가 내 욕을 하고 다닌다고 내게 말했을 때의 내 반응은 어떨까? 한 명만이 "화를 내며 그 친구 욕을 한다"였고 나머지는 "절대 화를 내지 않는다"였다.

딩동! 물론 나는 화를 내지 않았고 오히려 나를 욕했다는 그 친구를 두둔했다. "뭔가 오해가 있었나 보지. 괜히 그럴 애가 아니잖아? 내가 잘못한 게 있나…" 하면서.

전형적인 '착한 사람 콤플렉스'에 걸려 있었음이 틀림없다. 혼자서 사랑을 독차지하려고 말이다.

오빠는 남들과 다르게 나를 아주 못된 애라고 했다.

화를 내야 할 상황인데도 실실 웃으며 아무렇지도 않게 말하는 나를 보면 화가 더 치민다고 했다. 내게 '세상에서 가장 못된 애'라고 화를 내던 오빠를 이해하게 된 것은 스무 살이 훌쩍 넘어 집단 상담을 받으면서였다. 한 달 동안 자신이 살아보고 싶은 역할을 하는 과제가 주어졌는데, 선뜻 결정하지 못하는 나에게 구성원들이 과제를 정해주었다.

'심술쟁이로 살아가기'

하루에 한 번씩은 심통을 부리고 남들이 요구하는 것은 무조건 거절을 해야 하는 과제였다.

너무나 힘든 과제였다. 놀라운 점은 '내가 그 일을 하지 않으면 누가 하겠어?' 하면서 심술꾸러기로 살아가는 것을 걱정할 필요가 없었다는 것이다. 그동안 내가 했던 일들을 다른 사람들이 알아서 하는 것이 아닌가? 어쩌면 그들이 마땅히 해야 할 일들을 하면서 느껴야 할 기쁨을 내가 빼앗아 버린 것은 아닌가라고 처음으로 깨닫게 된 것이다.

'타인에 대한 과한 배려가 다른 사람들의 자리를 빼앗았구나⋯. 이건 배려가 아니지. 이기적인 욕심일 뿐.' 미안했다. 그때부터 오빠가 나를 "못된 애, 이기적인 애"라고 하는 것이 이해가 되었다.

하필이면 나 같은 동생을 두어서 나름 착한 오빠가 심술쟁이로 오해를 받았는지도 모른다.

나의 아빠에 대한 과한 사랑으로, 나도 모르게 아들의 자리를, 부인의 자리를 혼자서 독점하고 있었는지도 모른다.

빨간 꽃이 피었습니다

뛰어다녀도 좋을 너른 거실과 통창의 삼층집에서는 할아버지, 할머니를 모시고 살았었다.

분가를 하게 되어 작은 아파트에서 몇 년 살다가 고등학교 2학년쯤인가 마당이 있는 삼층집으로 다시 이사를 했다.

그 당시 아빠는 지점장이어서 운전기사 아저씨 덕분에 편하게 은행을 다녔지만, 나머지 가족들은 모두가 힘들었다. 엄마의 약국도 멀었고 오빠와 나의 학교도 멀었다. 딱 한 가지 좋은 점은 마당에서 강아지를 키울 수 있었다는 것. 우리 가족이 엄청 사랑했던 방울이가 다시 살아 돌아온 것 같은 예쁜 강아지, 그녀의 이름은 밍키.

버려진 닭의 뼈를 먹다가 그만 목에 걸려서 밍키가 죽던 날, 우리 집 온 구석구석에 빨간딱지가 붙었다. 아빠와의 추억이 담긴 피아노 위에도 빨간딱지 꽃이 피었다.

사람 좋기로 유명한 아빠는 거절을 못 하기로도 유명했기에 여기저기서 보증을 서달라는 사람이 줄을 섰다. 보증을 서도 너무 많이 서준 것이 문제였다.

사업가이자 머리가 비상한 어떤 한 사람이 아빠뿐 아니라 아빠의 이름을 팔아서 다른 여러 사람들에게까지 보증을 받아 어마어마한 돈을 챙겨 미국으로 날아버린 것이다. 엄청난 액수의 돈을 다 갚을 수 없었던 우리 집은 경매에 넘어갔고 아빠는 퇴직금 한 푼 없이 은행을 나올 수밖에 없었다.

하루아침에 우리는 거지 신세가 되었다.
우리 가족이 살 곳이 없어졌다.
작은 방 하나 월세라도 얻어 살아야 되나…
하고 있는데 외삼촌이 빌라를 샀다.
우리 집 형편이 나아질 때까지 빌라에서 살라고 했다.
너희가 나중에 돈을 벌게 되면 천천히 갚으라고 하면서.
아빠가 우울의 늪으로 빠져들어 간 빌라.

엄마는 백수가 된 남편을 눈 뜨고 봐줄 수가 없으셨나 보다. 빚을 내어 홍대 근처 자리 좋은 건물에 자동차보험 대리점을 내어주셨다. 은행 지점장으로 모심을 받던 자리에 있던 아빠는 사람들에게 아쉬운 소리를 할 수 없었다. 아쉬운 사람들 부탁을 들어주기만 잘 했지, 정작 아빠가 어려울 때 사람들에게 손을 내밀지 못했다.
하루가 멀다 하고 찾아와서 술을 함께 마셨던 사람들은 아빠를 외면했다. 아빠는 아침에 출근을 하기는 했지만 몇 시간 못 가 빌라로 돌아와 빛이 전혀 들지 않는 거실에서 혼자 술을 드셨다. 아빠의 우울을, 우리는 다 알고 있었지만 약속이나 한 듯 모르는 척했다.

외삼촌은 중학교 때 공부를 잘했다고 한다. 60년대에 첫 딸을 약대에 보낼 정도로 교육에 욕심이 많았던 외할아버지는 아들 교육을 위해 가족을 몽땅 데리고 서울로 상경하셨다. 서울 아이들은 강원도 시골에서 전학 온 외삼촌을 깔보았고 불같은 성격을 지닌 외삼촌은 등교 첫날 서울 촌놈들과 세게 한판 붙어버렸다. 학교 측의 정당하지 못한 처신과 서울 촌놈들에게 실망한 외삼촌은 방황을 시작했고 학교와 멀어진 길을 가게 되었다. 성인이 되어서도 여전히 방황하는 외삼촌에게 아빠와 엄마는 뭐라도 좀 시작해보라며 경제적 후원을 해주셨단다.

다행히 외삼촌은 트럭을 사서 채소 장사를 시작했다. 전국을 돌아다니며 채소를 팔았기에 우리 동네에도 가끔 왔었다. 스피커폰으로 "싱싱한 채소가 왔어요~. 어서들 나오세요~" 하는 외삼촌의 목소리는 날이 갈수록 커졌다. 싸움은 잘했지만 말이 없고 숫기가 없었던 외삼촌의 기어 들어가던 목소리에 힘이 들어가며 리듬을 탈 즈음엔 제법 돈이 모이기 시작했다고 한다.

외삼촌은 하필 내가 다니던 중학교에서 가까운 아파트 단지에 일주일에 한 번 고정적으로 트럭을 세워놓고 장사를 했다. 외삼촌은 학교에서 돌아오는 나를 보고 무척 반가워하면서 흙이 묻은 손으로 나를 안아주기도 했다.

외삼촌과 헤어져 트럭과 한참 떨어진 뒤에 친구들이 "누구야?" 하고 묻는 말에 "으음… 아는 사람, 먼 친척뻘 되는 아저씨야"라고 대답해버렸다. 외삼촌이 무슨 요일에 오는지 알게 된 후로는 외삼촌을 만나기 싫어 길을 돌아서 집에 왔다. 외삼촌 얼굴을 볼 수 없을 만큼 미안했고 그런 내가 싫었는데도 친구들에게 진실을 얘기하기가 싫었다.

나는 모순덩어리였다. 착한 척하는 못된 아이.

외삼촌은 채소 장사로 돈을 제법 벌어서 분식 가게를 내었는데, 가게 역시 엄청 잘되어 부자가 되었다. 부자가 된 외삼촌이 거리에 나앉게 된 우리 가족을 구해준 것이다. 누나를 셋방에 살게 할 순 없다면서. 트럭 채소 장사를 하던 삼촌을 창피하게 여겼던 중학교 시절을 생각하면 지금도 얼굴이 화끈거린다. 외삼촌에게 많이 미안하고 많이 고맙다.

아빠를 사랑한 약국할머니

맞벌이 부부에 증조할머니와 조부모님까지 모시고 살았던 우리 집의 살림을 도맡아 하신 분이 계셨으니, 우리는 그분을 '약국할머니'라 불렀다. 동네 사람들이 '약국할머니'라 부르기 시작했는데 어느 사이 우리 가족들도 따라서 그렇게 부르게 된 것이다.

약국할머니는 내가 유치원 때부터 함께 살기 시작했는데 초등 고학년이 될 때까지 나와 방을 같이 썼다. 약국할머니는 인물이 좋은 편이 아니셨다. 솔직히는 아주 못생긴 축에 들었다. 어렸을 때 결혼을 해서 아들을 한 명 낳았는데, 바로 남편이 바람을 피워 한집에서 두 여자가 살았단다. 처음에는 그 여자가 미웠는데 얼마나 살갑게 대하는지 점차 정이 붙어서 "언~니~", "동상~" 하며 사이좋게 지내셨다나? 안타깝게도 남편이 일찍 세상을 뜨는 바람에 남편보다 동상과 오랜 시간을 보내셨다고 한다. 시간이 더 흘러 자신이 낳은 아들은 성장하여 결혼도 했지만, 동상이 낳은 아들 셋은 아직 출가를 하지 못해 그 집에 살기가 눈치가 보이셨단다. 다행히 우리 집과 먼 친척뻘이 되기도 하는데다가 꼭 필요한 일손이라는 부탁을 받고 상경하게 된 약국할머니.

약국할머니는 방 벽 한가운데에 남편의 사진을 멋진 액자에 넣어 걸어놓았다. 그 할아버지(사진 속엔 청년이지만)가 얼마나 잘생기셨는지 할머니의 남편이라는 사실이 믿기지 않을 정도였다. 약국할머니는 내가 한때 이런 남자의 여자였다는 사실을 자랑스럽게 여기셨다. 남편의 사랑을 받지도 못했는데 나 같으면 보기 싫을 남편이 뭐가 좋다고 그리 흐뭇하게 매일매일 사진을 보셨는지 모르겠다.

약국할머니는 남편의 사랑을 받지도 못했을뿐더러 본인도 남편을 살아생전 사랑하지 못한 아쉬움 때문이었을까? 내 아빠에 대한 사랑이 유별나셨다. 가끔은 약국할머니가 아빠를 남자로 좋아하는 건 아닌지 의심이 들기도 했다. 약국할머니는 빨래를 갤 때 아빠의 속옷, 특히 팬티에는 꼭 얼굴을 대고 킁킁 냄새를 맡으셨다. 한번은 그런 자신을 빤히 쳐다보고 있는 나와 눈이 마주쳤는데 얼굴을 붉히며 "아유, 아빠는 어쩜 빤쓰 냄새까지 이리 좋을까? 나는 이 냄새가 너무 좋아. 끼뜩이 냄새랑 똑같아~" 하셨다(참고로 '끼뜩이'는 나의 별명이다. 나이에 맞지 않게 기특하다며 약국할머니가 날 부르는 애칭이었다).

하긴 내 속옷에도 얼굴을 파묻고 가끔은 흡족한 표정을 지으셨던 것을 보면 아빠에 대한 감정도 순수했을지도 모른다. 아빠에게 숨어 있는 아이 같은 모습 아니면 엄마의 사랑을 열렬히 갈망하는 외로운 소년의 욕망이 전해졌는지도 모른다.

지극정성으로 아빠를 챙기는 약국할머니는 어쩌면 엄마 복이 없는 아빠를 위해 하늘이 보내준 선물인지도 모른다.

약국할머니는 아빠와 나를 많이 사랑하셨다. 아빠와 내가 닮은 점이 많아서일까?

약국할머니는 내가 대학생이 되자마자 다른 집으로 일을 도와주러 가셨다.

대학교 1학년 4월쯤이었던 것 같다. 자고 있는데 이상한 기운이 느껴져서 눈이 떠졌다. 누군가가 문지방에 서 있었다. 숨이 막히고 꼼짝도 할 수 없는 몇 초가 지나자 주변이 조금씩 보이기 시작했다. 처음 보았을 때와 같은 쪽 찐 머리에 개량한복을 입은 약국할머니가 문지방에 서서 나를 내려다보고 있는 것이 아닌가?

"할머니! 이게 무슨 일이에요? 이 새벽에…."

"걸어왔지, 끼뜩이가 보고 싶어서…."

"아니 어떻게 오신 거예요. 이 시간에?"

"걸어서 왔지. 밤에 보고 싶어 잠도 안 오길래 걸어왔더니 한 두어 시간 걸렸나?"

길도 모르실 텐데 참으로 어떻게 찾아오셨는지 이해가 안 되었다.

약국할머니의 눈에 눈물이 그득 맺히는가 싶더니 옷 안쪽에 매달아 놓은 주머니에서 꼬깃꼬깃한 만 원 두 장을 꺼내 손에 쥐어주신다.

"이거 주고 싶어서… 나에게 잘해준 끼뜩이가 고마워서. 이제 가야 돼. 애들 밥 차려 주고 핵교 보내야 되니까. 잘 있어…."

"할머니, 이 돈으로 택시 타고 가세요."

"아냐, 나 돈 많아. 간다…."

"아빠가 가끔씩 할머니 얘기하셨어요. 보고 싶다고…."

"정말이야? 호호홍~~."

고르지 못한 치아를 가리시며 수줍게 웃는 할머니의 눈에는 금방 눈물이 차올랐다. 눈물이 흐르는지도 모르는 약국할머니가 떠났다. 아빠가 그리워 먼먼 길을 달려온 약국할머니가 차마 아빠를 보지 못하고 돌아간 아쉬움이 느껴졌다.

기묘한 약국할머니

약국할머니의 기묘하고도 재밌는 이야기는 무궁무진하다. 할머니가 아무리 이상한 행동을 하셔도 아빠가 할머니를 하도 두둔하니까 나중에는 '그냥 그러려니' 하며 넘어가곤 했던 것 같다. 약국할머니는 진짜로 애정결핍이었을까?

조부모님들과 분가하여 이사한 작은 아파트는 지은 지 오래되어서 쥐가 많았다. 한번은 냉장고 뒤에 붙어 있는 철판(?) 같은 곳에서 무언가 움직이는 느낌이 들더니 쪼그만 생쥐 머리가 냉동실 문 옆으로 나왔다. 으악! 내 비명에 약국할머니가 달려오셨고 놀란 생쥐는 냉장고 꼭대기로 피신하더니 더 이상 움직이지 않고 빤히 나와 할머니를 번갈아 쳐다보았다.

"할머니, 쥐예요, 쥐. 어떡해요."

"이거 내가 기르는 쥔데… 예쁘잖아. 그냥 계속 기르면 안 되나?"

그래서 생쥐가 도망가지 않고 있었나 보다. 할머니가 먹을 것을 주니까.

내가 생쥐 키우는 것 엄마에게 말하겠다고 하자 할머니는 금방 울상이 되더니 태도가 돌변하셨다. "이깟 쥐새끼, 죽여버리면 되지" 하더니 종이 한 장을 가지고 오셔서 할머니에게 쪼르르 달려온 생쥐를 종이에 싸서는 비틀어버리셨다.

마당이 있는 삼층집에서는 이런 일도 있었다.

약수터에 가지고 다니는 물통이 눌려 있지 않고 펴져 있어 무언가 수상해서 살펴보니 그 안에 참새가 들어 있었다.

"할머니, 참새가 왜 약수 물통에 들어 있어요?"

"어? 봤어? 내가 낮에 마당에서 두 팔을 벌리고 '새야 새야~, 파랑새야~, 녹두밭에~ 앉지 마라' 하고 노래를 부르고 있는데 녹두 장군님이 녹두새를 선물로 보내준 겨. 내가 외롭거든. 친구 하라고 이 새를 보내준 겨. 새가 내 팔에 날아와 앉더라고. 그래서 데리고 들어왔지~."

"할머니, 새 여기 계속 있으면 죽어요. 윗부분도 다 막아놓고. 날아다녀야 하는 샌데 여기는 감옥이죠, 감옥! 날려보내요."

약국할머니가 씨익~ 웃으셨다.

"내 그럴 줄 알고 이미 날아가지 못하도록 날개를 잘랐지. 이것 봐. 어차피 날지 못하는 새니까 여기서 내가 키워도 되지?"

소름이 쫙 끼쳤다. 정상이 맞나? 약국할머니랑 계속 살아도 되나? 내게 이상한 기운이 옮는 것은 아닐까? 마냥 할머니 편을 들어주는 아빠가 야속했다. 하긴 아빠에게 100%

맞춤 서비스를 하는 약국할머니 같은 사람을 만나기는 힘들 것이다. 아빠가 좋아하는 음식은 아무리 힘들어도 해 대셨고 옷가지는 어찌나 깨끗이 빨아 다려놓으셨는지 모른다.

학창 시절 내 최고의 취미는 편지 쓰기였다 초등학교 5~6학년 때부터 하루에 평균 2통은 썼으니까 편지가 서너 박스는 되었을 것이다. 햇빛이 쨍한 고등학교 여름방학, 오랜만에 예전 편지들을 읽으면서 휴식을 취하려 했는데, 아무리 찾아보아도 편지 박스가 보이지 않았다. 사색이 되어 며칠 동안이나 찾아보며 약국할머니에게도 여쭤보았으나 모른다고 했다. 나는 절망적이었다. 내 분신과도 같은 편지 박스, 그 안에는 편지와 함께 지인들에게 받은 작은 선물들, 기념품들, 사진 등이 들어 있었다. 나는 끙끙 앓았다. 내가 반쯤은 사라진 느낌이었다. 편지 박스 행방불명의 진실은 방학이라 우리 집에 놀러 온 사촌 동생에 의해 밝혀졌다.

"언니, 할머니 이상해, 무서워."

"원래 좀 그러시잖아? 왜?"

"며칠 전에, 언니 학교 갔을 때 나 놀러 왔었거든. 할머니가 갑자기 크게 웃으시는 소리가 들려 마당에 나가봤어. 무언가를 태우시면서… 불길이 크게 타오르는 걸 보면서 할머니가 미친 듯이 웃으시는 거야, 무서울 정도로. 그래서 뭘 태우시나 봤더니 언니 편지들인 것 같았어. 그거 언니가 무지 아끼는 거잖아…. 근데 왜 할머니가 그걸 태우고 있었지? 언니도 알아?"

극도의 분노가 치밀어 올랐다. 당장에 약국할머니에게 달려가 확인을 했다. 할머니는 실실 웃으시며 "내가 그랬나? 생각이 가물가물하네…" 하시는 게 아닌가? 나는 할머니와는 함께 살 수 없으니 당장에 나가시든가, 아니면 내가 나가겠다고 했다. 아빠는 별것도 아닌 것 같고 난리를 친다며, 할머니께 무슨 말버릇이 그러냐며 내게 나가라고 했다. 나는 약국할머니도, 아빠도 미웠다. 집을 나와 밤새 동네 거리를 헤매고 다녔다. 먼동이 틀 무렵 나를 찾아 돌아다니던 할머니와 아빠에게 붙잡혀 돌아오긴 했지만 그들을 용서하기엔 적지 않은 시간이 걸렸다.

아빠의 멋진 시절 모습 뒤에는 언제나 조금은 무섭게 웃고 있는 약국할머니가 계셨다.

낯선 여인의 전화

"따르릉~"

"여보세요."

"거기… 음, 혜진이네 집 맞나요?"

'누구지? 처음 듣는 목소리인데 내 이름을 어떻게 알지? 혜진이라는 이름을 알면 나를 잘 아는 사람이 틀림없는데… 다른 집에 걸었는데 우연히 이름이 같은 걸까?'

허스키한 저음의 목소리가 매력적인 낯선 여자의 전화에 내 심장이 두근거렸다.

아무 말 않고 가만히 수화기만 들고 있었다.

"혜진…이 맞지요? 맞는 것 같아요. 느낌이….'

'누군데 자꾸만 아는 척하는 거지?'

"할 말은 많지만 지금은 때가 아닌 것 같네요. 잘 들어요, 아빠가 위독해요. 돌아가실지도 몰라요. 지금 당장 오세요. 메모 가능한가요? 주소 불러줄게요."

숨이 턱 막혔지만 재빨리 받아 적고는 그 여자가 있는, 아빠가 죽어간다는 카페로 갔다. 미처 엄마에게 연락을 안 했다는 것을 택시를 타고 가는 도중에 깨달았다.

카페는 지하 1층이었다. 계단을 내려가는데 핏자국이 눈에 띄었다. 계단을 다 내려가자 열린 문 가득히 그 여자가 앉아 있었다. 마력적인 그 여자의 모습에 잠시 황홀해져서 입을 벌리고 서 있었더니, 그 여자가 다가와 손을 잡았다. 그 여자의 손은 마르고 차가웠다.

"많이 보고… 싶었어요."

"안…녕하세요…."

"이날을 얼마나 기다렸는지 몰라요. 혜진이와 만날 날을. 이렇게 만나게 될 줄은 몰랐는데 상황이 너무 안 좋네요. 소원이 이루어지던 날이 가장 슬픈 날이 되었네요. 만나자마자 이별이라니."

"저… 무슨 소린지 모르겠네요. 아빠는요? 아빠는 어디 계세요?"

"119 불러서 병원으로 갔어요. 혜진이에게 전화할 때만 해도 여기 계셨어요."

"잠깐 전화 좀 쓸 수 있을까요? 엄마에게 연락해야 돼서…."

"사모님한테는 제가 이미 전화했어요. 병원으로 바로 오실 거예요."

"그럼 저도 그만 가보겠어요."

"이런… 조금만 더 이야기하면 좋으련만… 욕심이겠지요?"

"안녕히 계세요⋯. 연락 주셔서 감사했어요."

그 여자의 회색 눈동자에 눈물이 가득 차올랐다.

"안녕~ 나의 혜진⋯."

소름이 끼쳤다. 나의 혜진이라니. 묘한 여자다.

지금은 어쩔 수 없으니 나중에 찾아와야지.

여자의 시선을 느끼며 도망치듯 카페를 나왔다.

두 개의 이름

내게는 두 개의 이름이 있다.

하나는 주민등록상의 이름인 '석미', 또 하나는 '혜진'이다.

석미는 '돌 석' 자에 '아름다울 미', 아름다운 돌이고

혜진은 '사랑 혜' 자에 '별 진', 사랑스러운 별이다.

고등학교 1학년이 끝나갈 무렵, '혜진'이라는 이름이 생겼다. 재수를 하는 오빠에게 맞는 학교와 학과를 찾겠다는 일념으로 부모님은 철학 박사님을 찾아가셨다. 박사님은 오빠 얘기는 듣는 둥 마는 둥 하면서 갑자기 딸 이야기를 꺼내셨단다. 딸에게 위험이 닥쳤다고. 지금 중요한 건 아들이 아니라 딸이라고. 조상님이 딸에게 원하는 것이 있다고. 그리고 태어나자마자 하루가 채 못 되어 죽은 내 바로 위의 오빠 얘기까지 하더란다.

죽은 오빠가 전생에 지은 죄가 엄청 많아, 그 죄를 갚기 위해 태어났는데 바로 죽어버렸다는 것이다. 그래서 동생인 내게 오빠의 죄가 옮겨져 왔다는 말도 안 되는 스토리였다. 그 당시 내 건강도 그리 좋지 않았거니와 죽은 둘째 아들에 대해서는 아는 사람이 없었기에 부모님은 박사님의 말을 흘려보낼 수가 없었다고 한다. 박사님은 돈은 하나도 받지 않

겠으니 자신이 말하는 대로 하면 딸의 위험을 면할 수 있을 것이라 하면서 세 가지의 방법을 알려주셨다.

우선 이름을 바꾸고, 죽은 오빠의 죄를 나누어 가질 동생을 입양할 것, 조상님들을 위해 정성껏 기도를 하라는 것이었다. 부모님은 몇몇 고아원을 다녀오시기는 했지만, 차마 자신의 딸을 위해 입양을 한다는 것에 양심의 가책을 느껴 입양을 포기하셨다. 대신 이름을 바꾸고 조상님들을 위해 기도를 하는 것은 실행에 옮기셨다.

부모님은 내게 '연수'와 '혜진'이라는 두 개의 이름 중에 선택하라고 하셨다.

지금은 아니지만, 고등학교 때의 나는 나름 교회를 다니는 신앙이 있는 기독교 신자였기 때문에 우선적으로 미신을 따른다는 것이 용납이 되지 않았다. 나의 믿음을 시험하는 것이며 다 사기라고 생각하여 절대 이름을 바꾸지 않겠다고 우겼다.

하지만 오빠가 "너는 어쩌면 그렇게 이기적이니? 너만 하나님 믿어? 나도 믿어. 그런데 엄마, 아빠를 생각해서 그깟 이름 하나 바꾸면 뭐 큰일이라도 나냐? 그냥 엄마, 아빠 마음 편하게 해준다는 생각으로 이름 좀 바꾸어줘라" 하는 말에 마음이 움직였다.

그 대신 조건을 걸었다. 나는 '석미'라는 이름이 좋아 완전히 이 이름을 버릴 순 없으니, 공식적으로는 '석미'라는 이름을 쓰되 가족들은 바뀐 이름으로 불러도 좋다는 조건.

아빠가 연수라는 이름은 '끊임없이 수련을 해야 하는 고단한 삶'을 말하는 것 같아 싫다며 사랑받는 별인 '혜진'이라는 이름이 어떠냐고 하시기에 동의했다. 실은 연수라는 이름이 더 좋았지만 아빠가 좋아하는 이름이니까 받아들였다.

학교에는 양해를 구하고 '혜진'이란 이름을 새긴 금 목걸이를 하고 다녔다. 처음에는 목걸이가 목을 조르는 줄처럼 느껴졌지만, 아빠가 좋아하는 이름이라서 그런가? 조금씩 '혜진'이라는 이름이 익숙해졌고 나의 작은 부분 정도는 되는 것으로 여겨졌다.

그 후로 내게 사람들은 두 부류로 나누어졌다.

내가 '혜진'임을 아는 사람과 '혜진'임을 모르는 사람.

고등학교 2학년이 되어 생일이 지나면 대한민국 국민임을 증명하는 주민등록증이 나온다. 이상하게도 내게는 생일이 지나도 주민등록증이 나오지 않았다. 동사무소에 확인한 결과 말도 안 되게, 내가 죽은 것으로 되어 있었다. 충격!

철학 박사님의 말을 듣지 않았다면 '정말 내가 죽었을지도 모른다'라는 생각이 번뜩 들었었다.

한 번 죽었다 새로운 생명을 얻은 듯했다. 허약한 신체는 죽었고 건강한 신체를 얻은 것 같았다.

새 생명을 선물로 받았으니 어떻게 살아야 좋은 것일까? '예쁘고 의미 있게 살아야겠다'고 마음먹었다.

<기억의 재구성 Ⅰ>

바쁜 맞벌이 부부 가족에서 자란 나는 부모님보다는 기묘한 약국할머니와 오빠랑 많은 시간을 보냈다. 아빠에 대한 동경, 엄마에 대한 양가감정, 주변의 신기한 사람들과 에피소드들, 기독교를 믿으면서도 미신을 따라야 했던 심리적 갈등은 "나에게만 왜 이런 일이 생기는 거지?", "같은 상황에 대해 사람들의 반응이 제각각 달라지는 건 왜일까?", "나는 왜 현실에 만족하지 못하고 수없이 많은 환상을 지어내는 걸까?"와 같은 질문을 쏟아내며 질풍노도의 청소년기를 보냈다.

반동형성 reaction formation

하나밖에 없는 소중한 조카가 올해 미대에 들어갔다. 할아버지에게 가끔은 라면도 끓여주며 간단한 식사를 준비해 드리곤 했던 착한 손녀다. 엄마는 "우리 ○○가 누구를 닮아서 그림을 잘 그리는지 모르겠네. 그림 그리는 재주가 있어. 희한하네…" 하시는 거다.

"누굴 닮긴~ 자기 아빠 닮은 거지. 오빠가 그림 잘 그렸잖아? 상도 많이 탔는데."

"그래? 난 몰랐는데."

"왜 몰라, 오빠가 얼마나 미대 가고 싶어 했는데 엄마 아빠가 반대해서 못 갔잖아, 생각 안 나?"

"안 나, 전혀. 오빠가 그림을 잘 그렸어?"

"엄마는 참~ 아들이 뭘 잘하는지도 몰랐어? 진짜… 오빠가 불쌍하네…."

오빠의 로망은 자신의 집 벽을 자신의 그림으로 채우는 것이었다.

오빠의 국화 그림은 내가 보기에도 탐이 날 정도로 멋졌다. 아직도 눈에 생생한 국화 그림은 제법 큰 대회에서 수상을 해 학교에 걸려 있는 것으로 알고 있다.

엄마는 오빠가 하는 얘기를 한 번이라도 귀담아들은 적이 있는 걸까?

오빠가 자랑스럽게 그려온 그림들을 찬찬히 바라보며 감탄한 적이 한 번이라도 있었을까?

오빠는 얼마나 엄마와 아빠에게 자신이 정성을 다했던 그림들에 대한 칭찬을 받고 싶어 했을까?

"우리 ○○가 그렇게 자신감이 없었나 봐. 내가 과연 될까? 내 그림이 괜찮은 걸까? 위축이 돼서는 불안해하는 거야. 이번에 첫 과제에서 교수님이 잘했다고 칭찬해주시니까 아주 자신감이 붙어서 좋아한다. 그렇게 마음이 여려서야 어떡하냐, 아직도 애기 같아서?"

"칭찬이 필요한가 보지. 오빠도 그렇잖아. 칭찬이 고픈 사람. 야단치면 오히려 반발하는 타입이잖아."

"그래, 잘했다고 하면 좋아하지. 뭐라 하면 아주 난리를 치고."

"그걸 알면서 매번 오빠랑 다투어? 그렇게 아직도 힘이 남아돌아, 엄마?"

엄마는 칭찬과 비슷한 말들은 낯 간지러워하며 하시지 못하는 타입이었다. 우리 남매는 아마도 칭찬에 목말랐던 것 같다. 상을 타 와도 한 번 휙 보곤 옆으로 치워놓으셨으니까. 어린 내게 상은 그저 종이에 불과했던 것 같다. 동네 사람들이 상 탄 소식을 듣고 약국에 와서 부러워하면, "남들도 다 타는데 뭐 좋을 게 있어~" 하면서 말로는 대충 넘어가시곤 했다. 그러면서도 한턱은 늘 크게 쏘셨으면서 말이다.

엄마는 나를 늘 '못난이'라고 부르셨는데, 동네 아는 사람에서 훗날 사돈이 된 시어머니께서는 내게 "사돈 양반이 우리 며느리를 못난이라고 해서 기분이 별로다"고 투정하셨다. 시어머니는 조용하시고 다정한 말씀도 차근차근하게 하시는 타입이셔서 그런지 농담으로라도 당신의 며느리를 '못난이'라고 동네 사람들도 덩달아 부르는 것이 적잖이 언짢으셨나 보다.

아무래도 엄마는 '반동형성'의 대가였던 것 같다.

반동형성은 자신의 속마음과 반대되는 감정이나 행동을 겉으로 표현하는 방어기제이다. '미운 놈 떡 하나 더 준다'라는 속담처럼, 보통은 배척이나 혐오, 적개심과 같은 부정적 감정을 관심이나 상냥함, 애정 등의 호의적인 감정으로 표현하는 경우가 많다.

반대로 호의적인 감정을 그대로 드러내기가 부끄러워 어린 남자 친구들이 좋아하는 여자 친구를 못살게 구는 행동도 반동형성에 해당된다. 엄마 역시 긍정적인 감정을 드러내는 것이 수줍어 오히려 거칠고 반대적인 태도로 우리를 대했던 것 같다. 어렸던 오빠와 나는 엄마의 속마음을 이해하지 못하고 따스하고 부드러운 엄마의 원형을 원했었다.

고등학교 1학년 때 반 친구네 집에 놀러 갔는데 친구 엄마가 홈드레스를 입고 손수 만드신 쿠키를 내오는 것을 보고는 속으로 깜짝 놀랐었다. TV에서나 나오는 인위적인 모습인 줄 알았던 엄마의 모습이 현실일 수도 있음을 처음 알았다. '나도 나중에 저런 엄마가 되어야겠다'는 생각도 하고 친구가 많이 부러웠다. 지금의 나는? 홈드레스 입은 엄마는 역시 아니다.

엄마의 주된 '반동형성'기제는 오빠에게 그대로 이어진 듯하다.

좋고 고마울수록 오히려 남사스러워 툭툭 던지는 오빠의 말투나 다정하지 못한 태도가 그러했다. 아이러니한 것은 지금까지도 엄마는 오빠가 살갑게 대하지 않고 툭툭거린다며 서러워하신다는 것이다. 누구의 아들이겠는가? 물론 오빠도 엄마와 같은 감정일 것이다.(^^)

주지화 intellectualization

엄마는 칭찬뿐 아니라 야단도 잘 치지 않으셨다. 죽을 정도로 위험한 상황이 아니면 대수롭지 않게 넘어가셨다. 눈 쌓인 뒷산에서 썰매를 타다가 다쳐서 다리에 피를 철철 흘리는 딸에게 한 말이 "안 죽어, 괜찮아"였다. 덕분에 나는 몸에 대한 감각이 조금씩 둔해져서 웬만한 아픔에는 끄떡없었고, 몸의 감각에 대한 둔함이 감정에도 확대되어서인지 몰라도 마음이 나약한 것을 극도로 싫어했다. 이미 어렸을 때부터 자주 사용했던 나의 방어기제는 '주지화'가 아니었을까?

'주지화'는 사실과 논리에 집중함으로써 불편한 감정을 회피하는 방어기제이다.

주지화를 많이 사용하게 되면, 문제가 합리적인 것으로만 보이게 되고 동시에 감정적 측면들은 완전히 무시된다. 전문적인 용어나 지식은 주지화의 수단으로써 자주 사용된다. 어려운 용어를 사용함으로써, 감정보다 단어와 정확한 정의들에 주의의 에너지가 집중하게 되는 것이다. 나는 외롭고 마음이 아파올 때면 책으로 도망가거나 상황을 이성적으로 분석하면서 마음을 숨겼다.

아빠는 학교에서의 내 성취에 대해선 거의 관심이 없으셨다. 알아서 하겠지…란 믿음이 있으셨을까? 대신 아빠가 내게 관심을 보이는 분야는 어떤 책을 읽고 있는지, 어떤 노래를 좋아하는지, 어떤 친구를 만나는지와 같은 것이었다. 그래서 나는 속으로는 공부에 연연했지만 겉으로는 아닌 척, 더 우아한 영역에 관심이 있는 척했다. 내 생각이지만.(^^) 이를테면 추상적인 우정, 사랑, 우주와 같은 주제들 말이다.

나는 엄마의 인정과 칭찬에 대한 좌절을 부인하면서 아빠의 인정을 받기 위한 최선의 방법으로 '주지화'를 택했다.

안나 프로이트는 그녀의 책 『자아와 방어기제』에서 '사춘기 시절의 주지화'에 대해 말한다.

청소년들이 당시의 욕구들을 통제하기 위하여 지적이고 철학적인 접근을 하는 것은 그 시기엔 비교적 평범한 시도라고. 하지만, '주지화' 과정이 전반적인 정신적 삶을 지배한 경우에 한해서는 병적이라 간주할 수 있다고 하였다. 다행히 나는 심리학을 공부하는 과정에서 '주지화'를 주로 사용하는 내 습관을 알아차릴 수 있었고, 감정에 솔직하게 다가가는 연습을 통해 현재는 보통의 수준으로 '주지화'를 사용하고 있다(이것도 주관적인 평가일 수도…)고 스스로 위로하고 있다.

부정 denial

우리 가족은 알고 있었다.

아빠가 점진적으로 몰락하고 있다는 것을. 그런데도 모두가 약속이나 한 듯이 모른 척했다. 아니 아빠의 심리적인 몰락을 '부정'하고 있었다. 영웅의 몰락을 인정하고 싶지 않았던 사람은 나 혼자가 아니었다. 엄마도 남편의 추락을 부정했으며 오빠도 자신의 기둥과도 같은 아빠의 나약함을 인정할 수 없었을 것이다. 아빠의 암울한 현실을 외면한 것은 그 당시로서는 우리 가족이 현실을 감당해나가기 위한 최선의 방법이기도 했다. 정신적 지주로서의 아빠를 잃는다는 것은 너무나 위험한 일이었으니 말이다.

만약에 아빠의 우울한 상황을 받아들여 우리가 적극적으로 치료에 개입했더라면 과거가 달라질 수 있었을까? 순번을 정해 아빠와 함께 시간을 보내고 심리 치료라든가 정신과 치료를 받게 했더라면, 아빠를 우울의 늪에서 빠져나오게 할 수 있었을까?

우리의 적극적인 행동에 아빠가 어떻게 반응했을지는 아무도 모른다. 그래도 시도한 것과 시도하지 않은 것에는 차이가 있다. 적어도 '알고도 모른 척했다'라는 죄책감과 후회는 남지 않았을 것이다.

감당할 수 없는 사건이 닥쳤을 때 일시적으로 부정의 방어기제를 쓰는 건 건강한 일이다. 하지만 안나 프로이트가 '주지화' 과정이 전반적인 정신적 삶을 지배한 경우에 한해서는 '병적이라 간주할 수 있다'라고 한 것처럼, 어떤 방어기제든지 지속적으로 사용하게 되는 경우엔 부작용이 따른다. 부딪치기 괴롭고 인정하기 싫어도 결정적으로 맞받아쳐야 할 시기가 있다. 악순환의 고리를 과감하게 끊어야 빠져나올 수 있듯이, 나를 보호해주는 방어기제가 더 이상 긍정적으로 작용하지 않을 때는 용기를 내어 다른 방법으로 맞서야 한다.

* 나의 딸, 혜진

처음으로 나의 딸에게 전화를 걸었다.
그리고 처음이자 마지막으로 만났다.
나의 바에서…
딸의 발자국 소리에
심장이 콩닥거리고
네 하얀 얼굴이 시야에 들어오는 그 순간을 어찌 잊으랴….
내 상상 그대로
순수하고 착한 네가
내 눈앞에 서 있다니, 꿈만 같았다.
너와 날 이어주던 분이
저세상으로 가버릴지도 모르는 날이지만
너로 인해 내겐 기적 같고 행복한 날이다.
이미 난 나의 남자를 떠나버렸으니까.
널 그대로 데리고 어디론가 잠적해버릴까 생각도 잠깐 했지만
너도 이미 어린아이가 아닌걸.
다 성장한 아가씨니까.
한 번의 만남으로 만족하련다.
아기자기한 도시락을 싸서 너와 함께 예쁜 꽃밭으로
소풍가는 꿈도 많이 꾸었지.
정말이지 납치라도 하고 싶었는데….
그나저나 내 님이 다시 살아나진 않겠지?
난 이제 어디로 가야 하나?

내 사랑들, 아듀.

2부

⋮

다른 세계

삶과 죽음이 공존하는
중환자 보호자 대기실

아빠가 사고를 당한 날은 대학 졸업식 바로 전날이었다. 생각해보니 나의 졸업식에 부모님은 한 번도 온 적이 없었다. 초등학교, 중학교, 고등학교 졸업식 통틀어 모두 말이다. 친구들은 졸업식을 마치면 가족과 함께 사라지곤 했다. 다행히 내 친구 중에는 나와 같은 처지에 놓인 친구가 한 명은 꼭 있어서 외롭지 않았다. 초등학교 졸업식 날엔 만화방을 갔고, 중학교 땐 고급 레스토랑을 갔고, 고등학교 졸업식 날에는 신촌에 있는 음악다방에 갔다.

중요한 일은 아니다, 그 당시엔 전혀 슬프지 않았으니까….

지금 돌이켜보니 놀랍게도 내 졸업식이 참 초라했다는 생각이 들었을 뿐.

마지막이 될지도 모를 졸업식에 아예 나조차 참석하지 못한 것이 아주 조금 서글퍼졌을 뿐.

그냥 문득 떠오른 것이다(지금도 나는 이렇게 슬픔에 솔직하게 다가서지 못할 때가 많다).

사고 당일, 병원 응급실의 레지던트는 아빠가 이미 사망한 것이나 다름없으니 장례식장으로 가라고 했다. 한참 시간이 흐른 후에야 도착한 엄마는 당장에 큰 병원으로 가야겠다며 소리를 고래고래 질렀다. 가장 가까운 여의도의 대형 병원에 도착했지만, 그 병원에서도 이미 시체라며 받을 수 없다고 했고 엄마는 죽더라도 병원에서 죽게 하겠다고 무조건 받아만 달라고 간청했다. 가까스로 아빠는 중환자실에 입원할 수 있었고 그곳에서 반년 정도 의식불명 상태로 계셨다.

의사들은 아빠가 복용하는 약이 너무 강해 오래 버티기 힘드실 거라며 언제든 장례 치를 준비를 하라고 했다.

언제 어떻게 될지 모르는 상황이라 보호자는 항시 대기해야 했기에 나는 병원 1층의 중환자 보호자 대기실에서 지내야 했다. 그곳에는 이십 명 정도의 사람들이 생활했는데 구성원은 하루에도 몇 번씩 바뀌었다.

전화벨이 울리는 순간, 우리 모두의 행동이 정지되며 심장은 오그라들었다.

"누구누구 보호자님, 전화입니다~."

내가 아니면 후유~ 안도의 한숨을 쉬었다.

아주 운이 좋으면 환자가 회복이 되어 일반 병실로 옮겨진 사람도 있었지만 사망하는 경우가 대부분이었다. 환자의 변화에 따라 대기실의 사람들이 바뀌게 되는데, 나는 반년가량 있었으니 아마도 가장 오래 머문 사람일 수도 있다. 사랑하는 사람을 여의게 되는 가족들을 하루에도 몇 번씩 접하면서 죽음은 내게 참으로 가깝게 여겨졌다.

중환자 보호자 대기실의 생활은 일상의 모습과 별반 다르지 않았다. 야한 농담이 줄을 이었고 맛있는 것도 나누어 먹고 미소도 잃지 않으며 생활했다. 전화벨이 울리고 슬픈 소식이 전해지면 경건한 분위기로 바뀌지만 1시간이 못 돼서 다시 명랑해졌다. '사람 사는 곳은 똑같구나…' 싶었다. 사람이 적응하지 못할 상황도 없고 아무리 절망스러운 상황에서도 웃을 수 있구나 싶었다. 설사 그 웃음이 헛웃음이거나 슬픔의 표현이더라도 사람이 상상 이상으로 강하다고 느겼다.

어쩌면 죽음을 옆에 두고 있어서 숨 쉬는 일 초 일 초가 귀중한 것을 알기에 웃었을지도 모른다.

산다는 것은 아무것도 아니다. 그냥 존재하며 느끼고 받아들이는 것이다.

중환자 보호자 대기실에서 사람들은 종종 내게 말했다.

"아유~ 시집도 안 간 처녀가 아빠 병 수발을 하면 평생 시부모 병 수발한다던데… 가여워서 어쩐데. 아가씨는 안 그럴 거야. 다 옛말이지…."

쉽게들 말을 하고 위로의 말이라 하지만 내게는 옛말로 들리지 않았다. 현실의 말이었고 가슴에 비수같이 꽂히는 말이었다. 결혼 같은 것 할 생각도 없었기에 시부모 병 수발은 문제가 아니었다. 아빠의 상태가 전혀 나아지지 않는 상태에서 평생 병 수발하게 될지도 모른다는 불안이 심해진 것이 문제였다.

'만약에 말이야. 만에 하나라도 아빠가 깨어나면 나는 깊은 숲으로 들어가 아빠와 살 수밖에 없어. 나 말고 누가 아빠를 돌보겠어? 신이 있다면 맹세합니다. 살려만 주신다면 내가 죽는 날까지 아빠를 보살피겠어요.' 나도 모르게 이런 기도를 드리고 있는 것이었다. 꽃 한번 피워보지도 못하고

시들어가는 꽃봉오리가 떠올랐다. 분하기도 하고 오기가 나기도 해서 '뭐 꽃을 꼭 피워야 하나, 봉오리로 평생을 살아도 되지. 뭔가 있어 보이고 신비로우니 좋잖아' 하며 웃으며 넘겨버렸다.

중환자실은 하루에 세 번 면회가 된다. 면회 인원이 한정되어 있어서 나는 방문객이 없는 시간에만 중환자실에 들어가곤 했다. 처음에는 시간마다 방문객이 있었는데, 2주 정도 지나자 찾아오는 이가 아주 드물어 거의 모든 면회 시간마다 내가 들어갈 수 있었다.

'잊혀가는구나, 아무리 잘나고 멋진 사람도 망가지면 아무도 찾지 않는구나.'

건강하고 잘나갈 땐 오지 말래도 귀찮을 정도로 찾아오던 사람들의 발길이 뚝 끊겼다.

처음엔 서운함이 가득하고 사람들이 미웠지만 '사람이니까… 그러려니…' 했다.

얼마나 흘렀을까? 중환자실 보호자 대기실의 시간은 잘 느껴지지 않는다. 멍하니 꿈속 같다.

어느 오전 면회 시간.

죽었는지 살았는지 구분이 잘 안 되는 아빠를 멍하니 바

라보다 손 한 번 잡고 뒤돌아서는데,

들렸다. 아주 작은 소리가. 잘못 들은 건가 착각이 될 정도로 아주 작은 소리가 들렸다.

"석미야."

"아빠?"

아빠의 뺨에 한 줄기 눈물이 흐른다.

깨어나셨군요. 감사합니다.

병원 측은 난리가 났다. 기적도 이런 기적은 없다고 했다.

그 이후 아빠는 잠깐씩이나마 가족을 알아보기 시작했다.

아빠의 소식을 듣고는 잔뜩 기대를 하고 면회를 왔던 친지나 친구들 중에는 자신을 알아보지 못한다고 상심해서 돌아가는 사람들도 꽤 되었다. 알아보고 못 알아보는 것의 기준이 무엇인지는 모르지만 죽어가던 사람이 살아났는데, 자신을 알아보지 못한다고 실망하고 심지어는 화를 내는 사람들이 이상했다.

아빠는 중환자실에서 무려 반년을 버티시고 중환자실과 일반 병실의 중간 병실로 가게 되었다.

나도 드디어 졸업했다.

중환자 보호자 대기실을.

진실을 말할 수 없었던 사고 조사

아빠는 누구 좋으라고 그 많던 보험들을 다 깨어버렸을까?

입원비며 치료비를 고스란히 현금으로 충당해야 했기에 경제를 책임진 엄마는 약국에 나가셔야 했고 오빠는 학업을 마친 상황이 아니었기에 아빠의 보호자는 여전히 나였다.

아빠가 중환자실에 들어가고 나서 첫 일주일 동안 나는 많이도 불려 다녔다. 병환이 아니라 사고이다 보니까 경찰서에서도 조사가 나오고 의사들도 자꾸만 질문을 해댔다. 내가 아는 것이라고는 카페에 내려가는 계단 중간 평평한 바닥 벽면에 묻어 있는 피와 응급실에서 시체가 되다시피 한 아빠의 모습뿐이었는데 그 이외 여러 가지를 물어보는 통에 난감했다. 의사들과 경찰들은 의심을 했다. 누군가 의도적으로 아빠를 내리친 것이라고.

아무리 술을 많이 먹어도 사람은 무의식적인 자기방어 욕구가 있어서 계단에서 이런 식으로 넘어지지는 않는다고. 앞에서 이마 부분을 주먹으로 맞아 뒤로 날아올랐다 떨어져서 계단 가운데 벽에 뒤통수가 부딪힌 것 같다고 했다.

카페에 간 첫 사람이 나니까, 자세히 좀 말해보라고, 뭔가 수상쩍은 것은 없었냐며 끊임없이 질문을 해대었다. 나는 차마 그 여자가 아빠와 잘 아는 사람 같다는 얘기를 할 수 없었다. 단순한 사고인 것 같다고만 했다. 경찰들은 '아리랑 치기'를 당한 것 같으니 범인을 잡아야 할 텐데 단서가 하나도 없다며 툴툴거렸다.

나는 혹시라도 그 여자 이야기를 해서 아빠의 내밀한 이야기들을 알게 될까 봐 두려워서 끝까지 '혜진'이라는 비밀스러운 내 이름을 알고 있는 여자의 이야기를 하지 않았다.

만약에 그때 말했더라면 범인이 잡혔을까?

아빠가 일반 병실로 옮겨지고 내게 1박 2일의 휴가가 생겼을 때, 가장 먼저 그 여자의 카페에 갔다. 카페는 사라졌다. 상호명도 달라졌고 그 여자도 사라졌다. 안도의 한숨을 쉬었다.

차라리 그날 만났던 장소와 그 여자가 사실이 아니기를 간절히 바랐다.

내가 또 꿈을 꾼 것이리라.

그 여자, 무섭도록 아름다운 마력을 내뿜던 여자는 누구지?

만약 아빠의 연인이라면 내가 아는 영웅이 바람이라도 피웠다는 것인가?

내 첫사랑인 아빠가 우리를 이렇게 배신해도 되는 것

인가?

엄마와는 정반대의 이미지를 풍겼던 그 여자.

중환자실 대기실에서 가장 많이 내 머릿속을 채웠던 그 여자는 정말이지 누구인가?

아빠의 외로움을 채워주었던 '소울메이트'라도 되나?

'혜진'이라는 이름은 분명 아빠가 그 여자에게 알려준 것이 틀림없다.

그 여자 때문에 딸에게 결혼을 하면 달라진다고 한 것이었나?

아빠를 미워하게 될까 봐 두려웠다.

내가 누군가를 믿고 결혼이란 것을 할 수 있을까?

엄마는 그 여자를 알고 있을까?

알고 있다면 자신을 배신한 남편을 위해서 그토록 헌신할 수 있었을까?

엄마에게 이 사실을 말하고 당신을 배신한 '남편을 버려야 마땅하다!'라고 해야 했을까?

만약 그 여자가 아빠의 연인이었다면 그 여자는 연인을 버린 것이다.

나는 아직도 그 여자의 모습이 생생하다.

허리까지 내려오는 파마머리에 호리호리한 몸매.

허스키한 목소리에 물빛을 띤 회색 눈동자.

어두운 매력이 가득한 현실에서는 보기 드문 기이한 여자.

그 여자는 도대체 누구인가?

창조적인 욕설

아빠의 상태가 호전되어 6인실 병실로 옮겨졌다.

환자 중의 3명은 노화로 인한 지병이라 거의 주무시기만 해서 간병인도 필요 없었다. 초등학생 환자가 한 명 있었고, 아빠의 바로 옆자리는 교통사고를 당한 50대 환자가 차지하고 있었다. 어린 친구의 엄마, 그리고 교통사고를 당한 아저씨의 부인, 그리고 나 이렇게 셋이 간병인 겸 보호자였다.

교통사고를 당한 아저씨의 머리는 왼쪽 윗부분이 푹 꺼져 있었다. 두개골이 깨졌나 본데 무슨 이유인지 복원(?)을 시키지 않아서 왼쪽 뇌가 없는 사람같이 느껴졌다. 얼마나 시끄러운 분이셨는지 눈만 뜨면 소리를 지르셨는데 부인한테 욕 이외에는 할 말이 없었나 보다.

아빠와 연배가 비슷해서일까? 아저씨하고 아빠는 눈만 마주치면 서로가 욕을 했는데, 욕하기 시합에 나간 선수들처럼 수준이 장난이 아니었다. 어디서 그런 듣도 보도 못한 망측한 욕들이 등장하는지 보호자들은 시선을 어디에 두어야 할지 몰랐다.

아저씨 부인은 원래 아저씨가 법 없이 살 정도로 착하고 조용한 성품이었다는데 완전히 다른 사람이 되었다며 어쩔 줄 몰라 했다. 나 역시 마찬가지였다. 완전히 지적이고 유순

했던 당신의 머리 어딘가에 그토록 상스러운 욕설들이 차지하고 있었다는 것이 충격적이었다.

'너무 참아서 그런가? 속고만 살고 당하기만 해서 그런가? 평소에 좀 욕도 하고 화도 내며 사셨더라면 덜했을까? 저런 말들을 하고 싶어서 어떻게 참으셨을까?'

고주망태가 되어서도 욕을 하시지 않았는데 희한했다. 생전 처음 들어보는 기가 막히는 욕을 창조하는 능력에 감탄했다. 뇌가 망가졌는데 창의력인 언어의 조합이 나오는 것도 이해가 안 되었다. 뻔히 뇌의 변형(?)으로 인해 과격한 언행이 나오는 줄 머리로는 이해하면서도 '천사의 모습 뒤에 숨겨진 악마 같은 모습도 아빠다'라는 생각 때문에 고통스러웠다.

나의 정신상태도 정상은 아니었을 것이다. 일반 병실로 옮기고 나서는 엄마가 토요일 밤부터 일요일 밤까지 교대를 해주셨기에 망정이지, 휴가가 없었더라면 나 역시 미쳤을지도 모른다.

정신병동에서

한강이 너울너울 노래를 한다.

아빠와 이곳에 들어온 지 한 달이 되어간다.

병원에서는 퇴원하여 통원치료를 하라는데, 아빠의 몸 상태는 휠체어 없이는 오도 가도 못했고 정신연령은 세 살 정도로 되었으니, "이대로는 퇴원할 수 없다!" 아무리 우겨도 병원에선 나가라 했다. 할 수 없이 병원을 옮겨서 아빠를 폐쇄 정신병동에 입원시켰다.

아빠는 수면제에 취해 주무시고 있다. 한바탕 소란을 피워 어쩔 수 없이 주사를 맞았다.

나는 대여섯 명의 친구들과 저녁놀을 보며 이야기꽃을 피우는 중이다. 오늘의 주제는 귀신이다. 옷을 홀라당 벗고는 비누를 먹고 돌아다녔던 지영 씨는 생머리의 미녀 귀신과 친하다. 이마와 오른쪽 광대뼈가 자꾸만 앞으로 튀어나온다는 초등학생 회장이었던 민지는 머리 빡빡 귀신이 보인단다. 모태 솔로인 성태는 지금 우리 앞에 저승사자가 있다고 해서 우리의 간담을 서늘하게 만들었다.

나도 질세라 우리 집 창문에는 가끔씩 턱을 괴고 앉아서 시간을 보내는 꼬마귀신이 있는데, 요즘 병원에 있느라 볼 수가 없어서 보고 싶다고 했다.

환자들 중에 나이가 아주 많거나 증세가 아주 심각한 사람이 아니면 다 나랑 친하게 지냈다. 그중 두 명은 진짜로 친했는데, 한 명은 애정에 목말라 있는 지영이고 나머지 한 명은 영등포에서 유명한 영재 형제 중 동생인 제이였다. 제이는 내가 병동에 들어온 첫날, 130kg인 당신을 휠체어에 태우다가 깔려 있는 것을 발견하고 도와준 이후로는 언제나 나를 주시하고 있다가 힘을 써야 할 때면 번개같이 나타나곤 했다.

나는 아빠의 간병인 신분으로 이곳에 들어와 있다. 간병인이 필요 없는 정신병동의 다른 환자들과는 달리, 아빠에게는 24시간 돌보미가 필요했기에 입원 시 남자 간병인을 구했었다. 하지만 하루도 못 가서 간병인은 도저히 못 해먹겠다며 포기를 했고 6개월 정도 중환자 보호자실에서 지냈던 나에게 주어진 자유는 하루 만에 사라져버렸다. 오빠는 군대 다녀와서 복학을 했고, 엄마는 경제를 책임지고 약국에 나가야 했기에 아빠 옆에 있을 사람은 여전히 나뿐이 없었다.

언제 나가게 될지 모르는 정신병동에 들어오면서 나는 마음먹었다. 이왕 이렇게 된 거 내게만 주어진 특별한 혜택이니 즐기다 나가자고. 우울하게 있어 봤자 변하는 것은 없으니 차라리 마음을 툭 터놓고 새로운 생활을 하자고. 원한다고 해서 들어올 수 없는 이곳, 환자가 되거나 치료자가 되지 않는 이상 이런 생활을 누가 경험할 수 있겠는가? 나는 엄청난 기회를 잡은 것이다.

내 얼굴은 물 빠진 오이처럼 거칠어지고 몸은 야위어갔지만 마음만은 살아 있었다. 병동 거실에는 TV가 있지만 나는 보지 않는다. 볼 필요가 없어서이다. 밖에 나가면 실컷 볼 수 있는 TV인데 굳이 여기서 볼 필요가 없어서이기도 하지만, TV보다 생생하고 신비로운 일상들이 펼쳐지고 있으니 말이다.

나는 이곳에서 아빠의 몸을 씻기고 먹이며, 하루 종일 복도를 왔다 갔다 하는 부끄럼쟁이 청년과 눈인사를 하는 데 성공했고, 하루 만에 뜨거운 프러포즈를 받아보기도 했으며, 하루에도 몇 번씩 왈츠를 추며 살았다. 느끼는 대로 거르지 않고 표현하는 새로운 세계에서 또 다른 나를 만났다. 얼음처럼 굳어 있던 몸은 녹아내리고 도덕에 갇혀 봉인되어 있던 욕망을 힘들이지 않고도 만났다.

형수가 되어주세요

정신병동에 있을 때 나의 든든한 후원자가 되어 주었던 제이에게 해서는 안 될 행동을 했다.

제이는 두 달 정도 지나서 퇴원을 하게 되었는데, 내 연락처를 달라는 부탁에 아무 생각 없이 줘버린 것이었다. 그동안 정이 듬뿍 들었고 내게 해준 고마운 행동들에 대한 당연한 선택이었다. 제이는 고등학교 때부터 병이 생겨 병원을 본인의 집처럼 드나드는 상황이었다. 10년 가까이 병원을 드나들다 보니 본인 말로는 신참내기 레지던트보다도 실력이 출중하다 했다. 입원하는 사람들을 딱 보면 진단명이 차르륵 나올 정도라나.

그런 제이 자신의 진단명은 '조울증'이었다. 제이는 못하는 게 없는 만능이었다. 운동이며, 그림 그리기, 노래, 공부 다 잘했다. 반면, 제이의 형은 다른 건 별로였는데 공부 하나는 기가 막히게 잘했다고 한다. 사람들은 형은 법관이야 되겠지만, 제이야말로 큰 인물이 될 것이라 했다.

제이는 초등학교 때까지는 모든 걸 잘하는 자신이 형보다 우월하다고 느꼈지만, 중학교에 들어가면서 연년생이었던 형과 석차가 비교되기 시작하자 열등감을 느끼기 시작했다.

형보다 좋은 성적을 얻기 위해서 공부를 죽어라 하여 드디어 고등학교 1학년 모의고사에서 전교 1등을 하게 되었다. 형과 동등해졌다고 생각하며 곧 넘어설 수 있다는 기쁨은 하루가 못 되어 사라져버렸는데, 형이 전국 모의고사에서 1등을 해버린 것이었다. 제이는 그 충격에 머리가 돌아버렸는데 그 이후로 기분이 업되었다가 쳐졌다가를 반복하게 되었다고 한다. 우리가 병동에서 만났을 때 제이의 형은 사법고시에 합격했고 제이는 괜찮은 대학에 입학을 했어도 아직 졸업을 못 한 상태였다.

제이에게는 꿈이 하나 있었다. 착한 형수님을 맞이하는 것이었다. 제이는 자신의 병에 대한 책임의 99%가 형에게 있다고 판단하여 부모님이 돌아가시고 나면 형이 자신을 책임져야 한다고 생각했다. 형은 이미 이 부분에 대해 동의했지만, 문제는 형이 결혼할 경우 형수님이 반대를 하면 어떻게 될지 모르기에 자신이 믿을 수 있는 착한 형수님이 필요하다고 했다. 병동에서 나를 두 달 가까이 관찰한 결과, 자신이 찾던 형수님이라고 결정해버린 것이다.

우리가 퇴원해서 집에 온 사실을 어떻게 알았는지는 모르지만, 제이는 연락처만으로 우리 집을 찾아내어 집으로 찾아왔다. 처음 몇 번은 자신의 이야기를 하면서 자연스럽게 오가더니 점차 본색을 드러냈다. 자신의 부탁을 들어주지 않으면 죽어버리겠다는 둥 협박을 하며 형을 만나달라고 했다. 어차피 석미 씨도 아빠가 병신이 되어버려 평생 돌봐야 될지도 모르는데, 누가 너랑 결혼을 하겠느냐며 서로에게 좋은 일 아니냐? 형이야 자신이 구워삶으면 되니까 만나만 달라, 우리 집 사람이 되면 당신 아빠도 내가 같이 잘 돌봐드리겠다는 어이없는 제안이었다.

형도 동생을 이기지 못했는지 나는 제이의 형을 두 번 만났다. 동생의 소원을 들어주지 않으면 동생이 어찌 될지 모르니 일단은 만나야 했다. 형은 다행히 상식적인 사람이었고 먼저 사과부터 했다. 자신이 어떡하든 동생은 해결을 할 테니 그 시간을 벌어달라고 했다.

얼마 후, 나는 아빠와 함께 전라도 고창으로 내려가게 되어 자연스럽게 제이와 떨어질 수 있었다. 물론 제이가 포기하지 않았다면 어떻게 해서라도 다시 날 찾아왔을 것이다. 현명한 형이 협상에 성공했음이 틀림없다.

<기억의 재구성 Ⅱ>

동일시 identification

나는 '아빠의 딸'이었다. 엄마와 닮기를 거부하면서 아빠와 동일시하고, 아빠에게 관심받고 인정받기를 원했다.

세상의 모든 아빠는 딸들의 첫사랑이라고 했던가?

내게도 아빠는 첫사랑이었으며, 동경의 대상이었다.

"너는 보통의 다른 딸들과는 달라. 아빠와 얘기가 통하는 딸이지."

지적이며 예술적 감각이 뛰어나고 잘생기고 고독감마저 풍기는 아빠와 성격이 급하고 일에 철저하며 사업가적인 기질이 풍부한 엄마 중, 내가 동일시하고자 한 사람은 아빠였다.

우리 엄마들의 삶은 남성 중심적인 문화에서 여성으로서 '성공'하거나 남성에게 지배당하고 의존하거나 둘 중의 하나였을 것이다. 나의 엄마는 사회적으로 성공한 여성이었음에도 불구하고 자신의 생활에 불만족했다. 오죽하면 딸에게 너는 절대로 '의사'나 '약사' 같은 전문인이 되지 말라고 했을까? 자신의 직업을 포함해 자신을 부정하는 엄마와 가정적인 엄마를 갈망했던 오빠와 아빠의 영향인지 나는 엄마보다는 아빠를 내 인생의 롤 모델로 삼았다.

내 영웅이었던 아빠가 한순간에 무너져버리고 아빠의 사고 소식을 알려준 여자는 아빠의 연인일지도 모른다는 생각은 세상에 대한 기본적인 신뢰감이 흔들리는 사건이었다.

그럼에도 장님이 된 오이디푸스와 함께 방랑하는 안티고네처럼 아빠가 불륜의 죄를 지었어도 내 영웅이었기에 아빠를 끝까지 책임져야 한다는 것이 나의 선택이었다. 대신 남자에 대한 신뢰감은 사라져갔다. 내 영웅이 이럴진대 어떤 남자를 믿을 수 있었겠는가.

20대의 나에게 결혼은 하지 말아야 할 것!이었다.

양가감정 ambivalence

상담을 하다 보면 어린 딸이건, 어른이 된 딸이건 딸들이 말하는 아빠에 대한 이야기는 긍정적이기보다는 부정적인 내용이 많다. 요즘의 아빠들은 딸에게 좋은 아빠가 되고 싶은 로망을 행동으로 표현하는 사람이 많지만, 많은 딸들에게 아빠란 엄마만큼은 심리적으로 가깝지 않은 것 같다.

나는 운이 좋은 딸이었다.

칭찬을 하지 않았던 엄마와는 대조적으로 아빠는 칭찬을 많이 해주셨는데, 오빠에게는 그렇지 않았다. 내 기억상으로도 딸에게만 칭찬을 많이 해주고 예뻐해주셨던 것 같다.

오죽하면 오빠가 성인이 되어서까지 '우리 집은 딸만 예뻐한다'고 투덜거렸을까?

오빠에게 있어 나와 부모님에 대한 양가감정은 자연스러운 현상이었으리라 지금은 여겨진다.

양가감정이란, 정신분열 연구의 선구자인 블로일러가 처음으로 사용한 말로 어떤 대상이나 상황에 대해 서로 반대되는 두 감정이 동시에 존재하는 상태를 말한다. 이런 양가감정은 이성적으로 보면 매우 혼란스러운 감정이지만 한편으로는 보편적이며 자연스러운 감정이다. 양가감정을 설명

할 때 가장 자주 사용되는 표현은 애증(愛憎)이다.

"사랑이면 사랑이고, 미움이면 미움이지 어떻게 사랑한다면서 미워할 수 있느냐?"고 반문할지 모르겠지만, 이 질문에 대한 답은 의외로 간단하다. 사랑하기 때문에 미워한다는 것이다. 사랑의 반대는 미움이 아니라 무관심인 것처럼 말이다.

오빠는 늘 무언가를 요구하면서 사달라고 했는데, 일단 자신의 손에 물건이 들어오면 관심을 금방 잃어버리고는 다른 것을 원했다. 오빠가 초등학교 고학년 때 엄마 지인의 요청으로 우리 남매는 처음으로 심리검사를 받았다. 오빠는 자신의 욕구를 잘 표현하는 심리적으로 건강한 아이로, 나는 속을 드러내지 않는 심리적으로 건강하지 않은 아이로 나왔다. 부모님은 이 검사 이후로 더욱 오빠의 요구는 몇 번 되풀이되어야 들어주고, 나는 말하지 않아도 분명 필요할 것이라며 알아서 사 주시곤 하셨다.

오빠와 나는 더할 나위 없이 친했기에 마냥 미워할 수는 없는 동생에게 오빠는 양가감정을 지니고 있었을 것 같다. 자신의 소중한 동생이면서 부모님의 사랑을 더 많이 받는 얄미운 여자애가 나였으니까.

차라리 오빠와 내가 사이가 좋은 남매가 아니었다면 마음이 편했을지도 모른다. 아예 남남인 것처럼 지내면 되니까.
하지만 우리는 많은 시간을 함께 보냈다. 아빠가 상징적인
내 안의 아니무스라면 오빠는 실질적으로 내가 경험한 첫
남성상인지도 모른다.

열등감 complex

오빠는 모를 것이다. 내가 오빠를 얼마나 부러워했는지.
내가 지독한 착한 아이 콤플렉스에 빠진 이유가 오빠와
아빠 때문에 시작되었다는 것을.

오빠는 잘생긴 예쁜 소년이었다. 하얗고 말라서 보호본능
을 일으키던 소년이 점점 자라면서 "고 녀석 참 잘생겼다",
"핸섬하다, 여자들 좀 울리겠네…"라는 말을 들었을 즈음,
내가 들은 말은 이랬다.

"아유, 석미는 참 착하기도 하지, 성격은 세상에서 제일
좋을 거야",

"오빠가 동생 같고 동생이 누나 같네."

아빠 인물이 좋아서인지 사람들은 엄마가 아빠의 인물에
반해서 결혼했다고 종종 말했다. 아빠는 인물은 좋았지만
신체비율은 평균에 미치지 못했다(아빠! 팩폭을 날려 죄송
합니다…). 반면, 엄마는 인물은 수수하면서 신체비율이 출
중했다. 운명의 여신은 내 편이 아니었는지 나는 두 분의
외모에서 열등한 부분을 고스란히 이어받았다.

아빠의 짧은 신체와 엄마의 두리뭉실한 얼굴.

농담이셨겠지만 아빠는 내 신랑감은 다리가 길어야 된다

고 하였으니, 나는 외모에 대한 열등감이 꽤나 심했다. 이 증거가 초등학교 일기장에도 고스란히 남아 있다.

"사촌이 놀러 왔다. 사촌들은 왕고모를 닮아 모두가 예쁘게 생겼다. 오빠는 내가 갖고 놀고 있던 인형을 뺏어서 사촌에게 주고는 사촌을 무릎에 앉혔다. 내가 달라고 하자 나를 쥐어박았다. 나는 화가 났지만 참았다. 눈물도 몰래 흘렸다. 사촌이 예쁘게 생겨서 오빠는 저러는 거다…."

(왕고모는 다섯 딸을 낳았는데, 딸 부잣집이 으레 그러하듯 딸들의 외모가 출중했다. 왕고모는 동양의 바비인형 같은 얼굴의 소유자였다)

오빠는 잘생겨서 그 자체로 사람들에게 인기가 있지만, 못생긴 내가 사람들에게 사랑받는 방법은 착한 아이가 되는 것이었다. 그리고 외모로 경쟁하는 여자가 아닌 다른 무엇인가의 특별함이 내겐 필요했다. 그 특별함이 바로 착한 아이였고 결국엔 '착한 아이 콤플렉스'로 연결되었다.

지금은? 내 모습 그대로에 만족한다.

2~3년 전 지인들과 술자리에서 '자신의 외모에 대한 만족감' 점수 주기 게임을 했었다. 나는 당연히 모두가 80점 이상은 줄 것이라고 예상했는데 웬걸~, 나만 90점을 주었고 한 명이 80점, 나머지는 60~70점을 준 것이다. 100점을

주려다 찔려서 깎은 내 점수인데, 적잖은 충격이었다.

세상에 예쁜 사람이 많아 부러운 마음이야 어쩔 수 없지만 나는 편안해 보이는 내 얼굴을 많이 좋아한다. 또 예쁜 몸매를 가진 사람을 보면 역시 부럽지만 나는 말랑말랑한 내 신체를 너무나 사랑한다.(^^)

** 사랑에 빠지다

나는 사랑에 빠진 여인이에요
당신을 나의 세계로 맞아들여 무엇이라도 다 할 거예요
당신을 마음속에 간직할 수 있다면
그것만이 언제까지라도 내가 꼭 지켜갈 일이에요
내가 어떻게 해야 하나요?

　　　　　　　　　- Barbra Streisand 의 'Woman in love' -

내가 그를 알게 된 건 스무 살 되던 해였다.
내겐 다방 레지가 천직이었다.
십 대부터 시작한 다방 일이었기에 스무 살이면 완전히 고참이었다.
서울에서 강원도로 발령을 받아 온 김 대리가
내 운명의 사랑이 될 줄을, 처음 본 날 알았다.
나 같은 여자라도 저렇게 멋진 남자와 사랑을 할 수 있다면
지금 죽어도 여한이 없다는 생각뿐이었다.
그는 내게 관심이 없는 척했지만 나는 안다.
그도 이미 내게 빠졌다는 것을.
그는 단지 두려워하고 있었을 뿐이다.
나는 알고 있었다.
처음부터 우리는 연결되어 있었던 것을.
왜 이제야 만났을까?
조금 더 일찍
그가 결혼하기 전에 만났더라면
그가 지금처럼 두려움에 떨지는 않았을 텐데…
결혼을 했더라도 아이가 없었더라면 좋았을 텐데…

아니야, 나는 아무것도 바라지 않아.

그저 나 혼자라도 그를 바라볼 수 있다면

더 이상 욕심 부리지 않겠어.

그에 속한 모든 것은 이미 내게 속했어.

그의 아내, 그의 아이도 사랑할 거야.

나는 그의 그림자.

그에게 부담이 되지 않을 거야. 걱정을 주지 않을 거야.

하지만 꼭 붙어 다닐 거야.

날 욕할 사람은 없어.

난 어둠에서 나가지 않을 거니까.

그를 제외한 세상의 어떤 사람도 내 존재를 알지 못하지.

나는 그의 그림자.

그가 사라지면 나도 사라진다.

당신은 나의 영원한 연인

우리의 사랑은 영원할 거예요

처음부터 그렇게 정해져 있었던 거예요

당신과 나, 서로 가슴속에 살아가도록

끝없는 바다가 우리 사이에 갈라놓을지라도

당신은 나의 사랑을 느끼고 나는 당신의 목소리를 들을 거예요

- Barbra Streisand 의 'Woman in love' -

3부

⋮

아기가 된 아빠

향긋한 화장실에선 눈물이 난다

다리가 짧고 상체가 긴 아빠의 체형.
초등학교 시절, 운동회 달리기 시합 때면
의욕이 어찌나 강했던지 사람들이
"어이구, 저러다 넘어지겠다…" 할 정도로
상체가 앞으로 꼬꾸라질 정도로 뛰셨다 한다.
발이 못 따라가서 상체만 앞으로 구부러진 형태.
생기가 가득했던 달리기 시합 때
소년의 구부러진 형태가 평소의 모습이 된 건,
아빠의 나이 오십이 조금 넘어서부터.

질질질… 달리는 듯… 질질질….

발바닥이 바닥에서 떨어지지 않고 미끄러진다.
내 마음의 멋진 아빠가
질질질 끄는 소리와 함께 사라져간다.
때로는 소변도, 대변도 질질 미끄러진다.
어디가 화장실이고 어디가 거실인지,
침실인지 구분이 안 간다.
퍼져 있는 지린내에 코의 감각이 무뎌진다.

이십 대 중반의 우리 집 화장실은 많이 더러웠다. 화장실
이 두 개 있었는데, 보통 안방 문을 잠가두어서 안방에 딸
린 화장실을 쓸 수가 없었다. 혹시라도 손님이 오거나 하면
더러운 화장실에 가게 할 수가 없었기 때문에 안방 화장실
은 깨끗하게 늘 잠가놓았다.

엄마는 여전히 약국에 나가셨고 나는 2~3년간 오롯이,
내가 원하는 방식은 아니었지만, 아빠를 독차지할 수 있었
다. 화장실은 벽이며 바닥이며 똥 범벅이기 일쑤였고 아빠
의 몸과 화장실을 닦으며, 내게도 밴 나쁜 냄새가 평생 사
라지지 않으면 어쩌나 걱정을 하기도 했다. 아무리 씻어도
지워지지 않는 화장실의 냄새처럼 내게도 영원히 지워지지
않을 냄새처럼 느껴졌다.

깨끗함이 무엇이기에, 끊이지 않는 악취와 더러움이 싫어서 함께 약이라도 먹고 죽어버리면 어떨까? 상상도 많이 했다. 향긋한 향기가 나는 화장실을 보면 샘이 나서 화가 났었다. 아주 가끔, 운이 좋으면 한 달에 한 번 외출을 했을 때, 향긋한 화장실에서 볼일을 보면 심통이 나서 눈물이 나왔다.

바람과 함께 사라지다

정신병동에서 퇴원하여 집으로 돌아온 후 아빠의 몸은 계속 회복되었다.

혼자서도 걸을 수 있을 정도로.

시월이었던 것 같다.

내가 잠깐 화장실에 다녀온 사이 아빠가 사라졌다.

질질질… 걸음을 하면서도 깜박할 사이 밖으로 나가버리곤 했기 때문에, 그날도 후다닥 아빠를 찾아 나섰다. 걸음이 느리기 때문에 금방 찾아내곤 했는데, 그날은 끝내 아빠를 찾지 못했다. 엄마는 "죽으려고 나갔나 보지. 알아서 들어오겠지." 특유의 담담하고 냉소적인 말투로 말씀하셨다.

길을 잃은 아이가 어떻게 집을 찾아올 수 있을까?

다음 날, 경찰에 신고를 했지만 아빠에 대한 아무런 소식도 들려오지 않았다. 아빠가 사라진 일주일 동안 태풍이 왔다 갔고 비도 많이 내렸다. 온전하지 않은 몸으로 궂은 날씨에 무사하리라 기대한다면 틀림없이 바보리라. 우리는 장례 준비를 하고자 했으나 시신을 찾지 못하면 장례식을 치를 수 없다고 했다.

물에 빠져 지푸라기라도 잡는 심정으로 고등학교 때 인연이 닿은 철학 박사님께 도움을 청했다. 박사님은 아빠가 아직 살아계신다면서, 이번에 돌아오시면 오랫동안 사시게 될 거라고 하셨다. 아빠를 돌아오시게 하려면 할아버지 산소에 다녀와야 하는데, 반드시 직계가족이 가야 되며 동이 트기 전에 산소에 도착해야 된다고 했다. 또 집에 누군가가 꼭 있어야 된다고도 했다. 엄마는 약국에 나가셔야만 되니, 오빠와 내가 다녀오기로 하고 집에는 친구가 있어 주기로 했다.

아빠가 사라진 지 열흘째 되는 날 새벽 4시, 할아버지 산소가 있는 횡성으로 출발했다. 산소에 도착한 우리는 준비한 곡식을 뿌리며 기도를 드렸다.

'할아버지~ 이제 그만 아빠를 돌려보내 주세요….'

산소 주변에서 까치 한 마리가 도망가지 않고 맴돌기에 빈말로 "할아버지가 오셨네. 우리를 안심시키려고" 했다. 그런데 서늘한 기운이 느껴졌다.

한참을 서성이던 까치가 날아 올라가는 하늘에 동이 터왔다.

빨갛게 떠오르는 해의 따스함이 온몸 가득 퍼졌다.

"아빠가 돌아오신 게 틀림없어! 어서 집으로 가자!"

아니나 다를까 집에 전화를 걸었더니, 친구가 덜덜 떨리는 목소리로 "빨리 와! 아버님이 돌아오셨어!" 하는 것이 아닌가!

현관으로 올라가는 계단 문은 활짝 열려 있었다.

"아빠!"

아빠는 맑고 지적이었던 예전의 눈빛으로

"우리 혜진이 왔구나, 고생했다. 아빠는 이제 좀 잘게" 하시고는 긴긴 잠에 빠져들었다.

"아빠 정신이 좀 돌아온 것 같지 않아? 말씀하시는 것이 완전 멀쩡하신데?"

친구가 대답했다.

"그러게, 아버님이 내 이름도 부르시더라고. 우리 애들은 어디 갔냐고 하면서…."

비에 젖었다 그대로 말려진 옷은 몸에 뻣뻣하게 달라붙어 있었지만 면도도 깨끗이 되어 있는 얼굴이 참으로 수상쩍었다. 도대체 어디에 계시다 오신 걸까?

친구가 택시를 타고 집 앞 골목에 내리는데 아빠가 닫혀 있는 계단 문을 걷어차고 계셨단다. 열리지 않으니 뒤돌아가려는 아빠를 간신히 잡아끌고 집으로 모셨다고 했다.

1분만 늦었어도, 아니 몇 초만 늦었어도 어쩌면 아빠를 영영 찾지 못했을 수도 있었다.

예전의 '어른으로서의 아빠'를 본 것은 그날이 마지막이었다. 가끔씩 나는 혹시 아빠가 연기를 하고 계신 것은 아닐까란 의심을 하기도 했다(엄마는 재작년까지도 아빠가 연기를 하고 있는 것 같다며 말도 안 되게 억울해하셨다). 지금까지도 아빠가 사라졌던 열흘의 미스터리를 알지 못한다. 아빠는 살아야만 하는 존재였던 것 같다. 태어남과 죽음은 나의 것이 아니라 자연의 선택이니까. 나는 점점 용감해졌다. 죽음을 안고 살게 되니까 하루하루가 의미 있었다.

진정한 친구 한 명이면 성공한 인생

'진정한 친구 한 명을 사귀었다면 인생은 성공한 것이다' 라는 말을 들어본 적이 있다. 그렇다면 아빠는 성공한 인생 이다. 아빠의 사고 소식을 듣고 당장에 그 먼 전라도 고창 에서 올라온 친구가 있다.

중환자실에 계실 때는 병원 복도 의자에서 새우잠을 자며 눈이 핏빛이 될 정도로 슬퍼했던 친구가 있다. 아빠가 퇴원 하시게 되자 아예 서울에 방을 얻어 매일 찾아와 주었던 친 구가 있다.

한번은 아주 위험한 사건이 있었다.

고창의 유명한 한의원에서 한약을 주문하여 서울 강남고 속버스 터미널에서 받기로 했다. 서울 지리에 서툰 아저씨 가 운전을 하시고 아빠는 보조석에, 나는 뒷자리에 타고 가 던 중이었다. 사거리에서 직진하려는 우리 차를 좌회전하려 는 버스가 들이받은 것이다. 1, 2차선이 좌회전 차선이었는 데 모르고 아저씨가 1차선에서 직진을 했으니 할 말은 없 다. 다행이 우리 차가 맨 앞에 있었기에 더 이상의 사고는 없었다. 차는 정확히 2바퀴 반을 돌아 옆으로 세워졌다.

아저씨는 기절을 하셨고, 아빠는 상황판단을 할 수 없는 상태였으니 얼굴도 숙이지 않고 그대로 계시는 바람에 깨진 앞 유리를 고스란히 온몸으로 덮어썼다. 얼굴은 완전히 피투성이에 작은 유리 파편이 꽂히기도 붙어 있기도 했다. 무슨 일인지 알 수 없었기에 천진난만한 휘둥그레진 눈만이 살아 있음을 알려주었다. 살 사람은 사는지 바로 앞에 경찰서도 있고 병원도 있어서 즉각 도움을 받을 수 있었다. 나는 그래도 멀쩡해 보이는지라 두 사람을 들것에 실려 병원에 보내고 병원 수속을 해야 했다. 한쪽 신발은 차 문에 끼어서 왼발은 맨발이었고 얼굴에 피가 흐르는지도 모르는 채 병원 로비를 왔다 갔다 했으니 사람들이 미친 여자라도 보듯 날 피했다.

수속을 마친 후 화장실에 가서 거울에 비친 내 모습을 보는 순간 부어올랐던 무릎에서 툭! 하는 소리가 들리더니 핏줄기가 솟구쳐 올라 화장실 유리와 벽을 타고 내려왔다.

'나도 다쳤었구나…' 절뚝절뚝 응급실로 가서 무릎을 꿰맸다. 상처가 빨리 아물게 하려면 마취를 하지 않고 꿰매야 한다기에 그러라고 했다. 옆자리에는 한쪽 눈이 빠진 사람이 고래고래 소리를 지르고 있었는데 고작 이 정도 상처에 마취를 해달라고 할 수가 없었다.

사실 아프지도 않았다. 정신이 반쯤 나가 있었나 보다.

차를 폐차한 상태에 비해 우리 세 사람의 부상은 아주 경미한 편에 속했다. 그래도 아저씨는 교통사고는 후유증이 더 무섭다면서 유명한 도사에게 침을 맞으러 가자고 했다. 음성의 유명한 침 선생님의 집에는 새벽 6시인데도 사람들이 번호표를 받으려고 줄을 서 있었다. 우리 번호는 40번이었는데 생각보다 금방 줄이 줄어들었다. 침을 맞으며 비명을 질러대는 사람들, 그 비명을 듣고 얼굴이 창백해져서 침 맞기를 포기하고 도망가는 사람들이 어지간히 있어서 우리 차례가 금방 온 것이다.

아저씨는 자동차 사고 당시 기절해버려 망가진 자존심을 회복하고자 침을 맞으러 가자고 한 것 같았다. 나는 아빠의 막힌 혈이 뚫리면 조금이라도 회복에 도움이 될 것 같아 선뜻 제안에 따랐다. 막상 우리 차례가 되자 아저씨는 얼굴색이 노래지면서 몸을 부들부들 떨기 시작했다. 침 선생님은 저런 상태로는 침을 맞을 수 없다며 아빠부터 침을 맞자고 했다.

아빠는 침을 보는 순간 흥분해서 욕이란 욕에 발길질을 냅다 하기 시작했다. 자제력이라고는 전혀 없는 육중한 아빠에게 침을 놓기란 '하늘의 별 따기'였다.

아저씨와 아빠, 두 분 다 침을 맞을 수 없는 사람들이었다.

우리 셋 중 남은 건 나 하나.

생사를 함께했기에 우리 세 사람은 그 당시 끈끈한 정에 묶여 있었다. 우리 팀의 자존심이 걸려 있었기에 나는 대범한 척했다. 아니, 아예 나를 내려놓고 다른 곳에 가 있는 상상을 했다. 힘이 좌~악 빠진 내 몸에 춤을 추듯 자연스레 침이 깊숙이 들어갔나 보다. 침 선생님은 신이 나셔서 대기하고 있는 사람들에게 소리쳤다.

"이보게들, 여기 좀 와서 보시게나. 침은 이렇게 맞아야 된다고. 여기 세상에서 제일 용감한 처자가 있구면. 오랜만에 침놓을 맛이 나네. 허허… 이런 대견한 처자가 있나~" 하시면서 사람들을 불러 모았다. 그러고는 아무나 맞을 수 없다는 대침(정말이지 믿거나 말거나 굵기도 길이도 젓가락만 했다!)을 복부에 놓았다. 진짜 아팠지만 분위기상 참을 수밖에 없었다.

나는 그날 아침 음성 침 세계의 영웅이 되었다.

아저씨는 그 후로 나를 자신과 동등한 또래의 친구로 대해주시는 듯했다.

아저씨는 서울 생활에 지치셨는지 아예 이참에 공기 좋은 고창에 내려가서 휴양을 하면 어떻겠냐고 제안하셨고, 우리의 고창 생활이 시작되었다.

산 중턱에 있는 아저씨네 집은 여행 삼아 며칠 다녀가기는 좋지만 살기에는 너무 심심했다.

아저씨네 집 사람들 중에 내가 제일 좋아했던 사람은 쪼그라져 아이처럼 작아진 할머니셨다. 아저씨가 막내이기도 해서 연세도 많으셨고 늘 허리를 굽히고 일을 하셔서인지 완전 꼬부랑 할머니였다. 어느 정도 허리가 꼬부라지셨는가 하면 앉은키와 서 있는 키에 별 차이가 없을 정도였다. 지팡이를 짚으시고 서 있는 모습은 완전히 기역 자여서 아침에 계란을 가지러 가시는 할머니가 닭들에게 얼굴을 쪼일까 걱정이 되기도 했다. 기역 자로 걸어 다니시니 얼굴이 다리보다 한참 먼저 시선에 닿는데, 주름이 자글자글한 그 얼굴이 얼마나 고왔는지 모른다. 알프스 소녀의 하이디가 할머니가 되면 이런 얼굴이거니 싶었다. 착한 심성이 투명하게 비치는 얼굴은 아저씨의 얼굴이기도 했다. 예쁜 아저씨의 얼굴.

물 좋고 산 좋은 고창 아저씨네 집에서 하루 종일 하는 일이라고는 밥 먹고 어슬렁대다가 마루에 누워 하늘 바라보기, 구름과 별을 보다가 자는 것이 끝! 아저씨에게 아빠와 함께 한 학창 시절 얘기를 많이 들을 수 있었던 건 덤!
고창은 내게 아련한 장소.
'당신을 살려주기만 한다면 산속에 들어가 평생 모시고 살겠다'라고 여러 신에게 한 맹세가 현실로 펼쳐지는 공간이랄까? 흰 모시옷을 입고 고무신을 신은 오십 대의 두 남자와 헐렁한 옷을 입은 이십 대의 여자가 매일매일 산책하는 모습이 영화 보듯 아직도 보인다. 당시 내가 무슨 생각을 하며 살았는지 잘 생각이 나지 않는다. 그저 하루하루 살아갔을 것이다. 확실히 기억나는 건 나도 아저씨 같은 친구가 한 명만 있다면 참 좋겠다고 부러워하면서 친구들 얼굴을 하나하나 떠올린 시간들? 내가 죽었을 때 정말로 슬퍼해주는 친구가 있다는 건 행운이리라.

봄이 가고…

여름이 가고…

가을도 가서 또 계절이 바뀌어 겨울이 와서

산속의 추위를 견디기 어려워 서울로 올라오게 될 때까지 아무 생각 없이 하루하루 지냈나 보다.

독특한 소개팅 남자

엄마가 대단한 결심을 하셨다. 아빠의 건강을 위해서 몇 년간 원주에 내려가 살겠다고 선언하신 것이다. 그동안 아빠를 보느라 고생이 많았다면서 "이제 너도 네 길을 가야 되지 않겠니?" 하시면서 내게 자유를 주셨다.

다행히 아빠와 함께 집에서 보내는 시간에도 일거리를 주신 은사님이 계셨고 자격증도 따놓았기에 바로 취직이 가능했다. 2년 정도 직장인 생활을 했다. 자원봉사를 하시던 선생님이 남자 친구도 없는 내가 불쌍해 보였는지 소개팅을 주선해주었다. 사전정보가 하나도 없이 "그저 좀 독특한데 괜찮은 사람이야"라는 말뿐이었다. 만나보니 좀 독특한 것이 아니라 많이 독특한 사람이었다. 단조로운 톤으로 던지는 말 한마디 한마디가 스산한 느낌을 주었으니까.

신기한 것은 처음 만나자마자 그 사람이 내밀한 이야기들을 많이 했다는 것이다. 자기를 전혀 내보이지 않을 것 같은 타입이었는데 말이다.

"내 방은 온통 빨간색이야. 책상 서랍을 열면 서랍 안도 빨개. 미친놈같이 말이야. 내 머릿속도 온통 빨간 것 같아. 겉은 하얀색의 나인데… 가끔은 오토바이를 미친 듯이 타고 소리를 지르기도 하지…."

2시간 남짓 거의 혼자서 말을 하더니 가자고 한다. 지금 돌이켜봐도 희한한 사람이었다.

일주일 만에 자원봉사를 하러 오신 선생님이 환하게 웃으시며

"잘 만나고 있지?" 하시는 거다.

"네? 누굴요?"

"소개팅한 사람~ 완전 뿅 갔던데…."

"연락도 안 왔는데요. 한 번 만나고 끝이에요."

"뭐? 그럴 리가? 나한테는 완벽한 이상형이라고 엄청 좋아하면서 고마워했거든."

"이상하네요. 그날도 뭐 시큰둥~하던데요. 선생님께 예의상 그랬나 보지요."

2년 정도의 직장 생활 후 아빠의 사고로 포기했던 대학원 진학을 위해 회사를 그만두고 엄마도 도와드리면서 공부도 할 겸 원주로 내려갔다.

그런데 원주에 소개팅 남자가 나타난 것이다. 한 번의 만남 이후 거의 6개월이 지나 연락을 하더니 휴가를 내고 원주에 내려오겠단다. 나야 시간도 많고 하니 별문제는 없는데 별 이상한 사람을 다 보네 싶었다. 원주에 아는 곳도 갈 데

도 없고 하여 그 사람과 치악산에 올랐다.

치악산은 우리 가족이 여러 번 놀러 간 적이 있는 산이다. 치악산 계곡에서 이가 두서 너 개 빠져 속옷만 입고서는 환히 웃고 있는 내가 있던 곳. 오빠가 고등학생이고 내가 중학생일 때 술을 전혀 못하시는 엄마를 대신해 술친구가 필요했는지 오빠에게 맥주를 따라 주다가 뜬금없이 내게도 맥주를 따라 주시던 아빠가 계신 곳, 흐르는 계곡물에 탁자를 세워 발을 담근 채 식사를 할 수 있었던 곳, 나도 대학생이 되어 아빠와 오빠, 내가 마신 소주병이 너무 많아 주변의 사람들이 놀라자 소주병을 치우며 술을 마셨던 그곳.

아주 젊었을 때의 나와 역시나 한창의 나이였던 아빠가 존재하는 치악산에선 한없이 순수하고 착한 내가 된다. 산 중간쯤에 작은 돗자리를 펴고 하늘을 보고 누워 있자니 풍류에 능했던 아빠와 바보가 되어버린 아빠의 얼굴이 번갈아 나타났다. 눈물이 날 것 같아 얼른 말을 돌린다.

"2년 전 고창에서 산 적이 있었는데요. 할 일이라곤 하늘 보는 일뿐이었어요. 그때 하늘을 평생 볼 만큼 봤다 생각했는데 여기의 하늘은 또 새롭네요. 아무리 봐도 질리지 않는 것이 하늘인가 봐요. 그나저나 한 번 만나고 나서 연락을 반년 동안이나 하지 않은 사람에게 무슨 바람이 불었을까요? 그런 사람하고 이런 깊은 산속에서 누워 있다는 것이 더 말도 안 되긴 하지만요."

"연락은 안 했지만 매일 생각은 났지. 네가 한 말이 화두가 되었어. 퇴근하는 길에 지는 해를 바라볼 때면 늘 생각이 나는 거야. 왠지 모르게 내 마음을 정리하지 않고는 연락을 하면 안 될 것 같았어."

"뭔 얘기 했는지 생각도 안 나는데요. 제가 말도 거의 안 했는데…."

"넌 몰라도 돼. 어쨌든 내겐 중요한 의미가 있는 말이었고 너도 의미 있는 사람이 된 거지."

"나에 대해 알고 있는 것도 없으면서요…."

"이제부터 말해봐. 아무 거라도."

하늘 탓이었을까? 내 이런저런 이야기들을 해주었다.

"너는 작가가 되어야겠다."

"아니요…, 소질이 없어요. 중학교 때 포기했는걸요."

"아니야, 언제고 꼭 글을 썼으면 좋겠어. 괜찮다면 내가 도와줘도 될까? 내가 너의 후원자가 되어줄게. 취직하지 말고 편하게 글만 써도 된다니까. 아버님 편찮으시니까 네가 벌어야 된다는 생각이 강한 것 아니야? 아님 아버님을 네가 책임이라도 지려 하는 거야? 아니지…. 내려놓고 나에게 와.

내가 다 도와줄 수 있어."

"그런 소리 하니까 사기꾼 같네요. 말도 안 되는 소리 하지 말고 이제 내려가요…. 어두워지기 전에."

그 사람의 말이 사기가 아닌 걸 알았기에 더 두려웠다. 내가 그 말에 솔깃할까 봐.

그 사람은 헤어지기 아쉽다며 바닷가에 가자고 했다.

경포대까지 달렸다.

경포대 모래사장에도 아빠와의 추억이 남아 있었다.

기억에 또렷하게 남아 있는 첫 가족 여름 바캉스!

수박 세 통을 사서 한 통은 먹어치우고 두 통을 모래사장에 묻어두었었다. 아마도 아빠는 그때도 낮술을 하셨던 모양이다. 어디에 묻어두었는지 생각해내지 못해서 우리는 나머지 수박을 먹지 못했다.

또 하나의 기억은 고등학교 3학년 겨울방학 때였다. 곧 있으면 대학생이 될 딸을 위해 바닷가에 다녀오자고 했다. 부모님과 나만의 여행은 내키지 않았기에 오랜 친구 한 명을 동반하여 4명이서 경포대에 놀러 갔다. 저녁 8시경 아빠는 엄마와 데이트를 하고 금방 오겠다며 경포대에서 가장 화려하고 큰 나이트클럽에 우리를 던져버렸다. 시간이 갈수록 나이트클럽에는 군인 같아 보이는 장정들이 늘어났고 우리에게 시선을 던지는 장정들이 갈수록 무서워졌다. 수중에 돈이 한 푼도 없어서 부모님이 오시기 전에는 나갈 수도 없는 상황이었다. 새벽 한 시가 되어서야 나타난 아빠에게 화가 너무 나서 나머지 여행 내내 한마디도 하지 않았다. 그 이후로 나이트클럽이란 말만 들어도 치를 떨게 되었다. 다행히 친구는 첫 경험이 마음에 들었는지(음악에 몸을 맡기며 잘 흔들어댔던 것 같다) rock 동아리에 들어가서 키보드를 담당하더니 가죽 재킷에 가죽 부츠를 줄기차게 신고 다녔었다. 어찌 되었건 아빠가 데려가 준 장소였기에 대학교 시절 친구와 경포대에 많이 놀러 다녔었다.

경포 해수욕장의 까만 바다에서…
나는 그 사람의 제안을 받아들이지 않기 위해 애를 썼고 그 사람은 무엇 때문인지 많이 힘들어 보였다. 그 바다에 남은 건 긴긴 한숨이었으리라.
그 후 그 사람은 계속 연락을 해왔지만 나는 끝내 받지 않았다.
가끔씩은… 그 사람의 제안을 곧이곧대로 받아들이지 않더라도 인연만은 계속했더라면 어떻게 되었을까? 궁금해진다.

천사의 추락

아빠의 사고는 대학교 졸업 바로 전날이었다.

친구들 고민이며 선생님들 고민까지 상담을 해주곤 했던 나는 운명처럼 심리학과를 가게 되었다. 내가 생각했던 심리학과는 차이가 많이 났던 차에 학교 공부는 뒤로하고 다양한 경험들을 하면서 시간을 보내다가 3학년이 되어 의식 심리를 접하고 나서 가슴이 뛰었다. 대학원에 진학해야겠다고 마음먹고 4학년 때는 제법 열심히 공부를 했었다.

아빠의 사고로 무산되었던 공부를 다시 하고 싶었다. 아빠를 보살피던 기간에도 지속적으로 일감을 주시던 은사님은 "아버님을 위해서라도 계속 공부를 하면 좋을 것 같아. 특히 석미가 임상이나 상담 쪽 공부를 하면 남들과는 다르지 않을까? 가족이잖아. 좋은 마음과 사명감으로 공부할 수 있을 거야. 혹시 알아? 아버님께도 도움이 되고 너와 비슷한 처지에 있는 가족들에게도 많은 위안이 될 수 있을지⋯." 예전에 하고 싶었던 분야는 아니었지만 공부를 계속하고 싶었다.

그런데 회사를 그만두고 대학원을 가겠다고 하자 친척들이 들고 일어났다.

"착한 줄만 알았던 애가 아주 못됐네, 지금 상황이 어떤 상황인데 대학원이야. 조금이라도 벌어서 엄마를 도와드리지는 못할망정 공부를 하겠다고? 기가 막히네. 자기 생각만 하고 못됐어."

"말이 나왔으니 말이지. 분수도 모르고 차를 가지고 다니질 않나, 생활하는 걸 보면 아주 잘났어. 이래서 사람은 겉으로 봐선 몰라."

엄마는 분노하셨다. 자신이 우리를 어떻게 키웠는데, 이런 대접을 받느냐면서. 자기들이 학비 대줄 것도 아니면서 무슨 권리로 내 딸에게 욕을 하냐고. 우리는 죽으면 죽었지 살던 가락이 있어서 돈 없어도 거지같이 살진 않는다고. 차도 지네가 사 줬나? 별걸 가지고 트집이네. 엄마가 죽는 한이 있어도 학비 대어줄 테니까 그깟 대학원 가고 박사도 해라 하셨다.

나는 엄마에게 너무나 죄송했지만 다시 취직을 하겠다는 말은 엄마에게 더 큰 상처가 될 것 같았다. 엄마를 위하는 친척들의 마음도 이해는 갔지만 그 당시는 배신감을 느꼈다. 내 앞에서 칭찬이란 칭찬은 다 해대던 친척들의 웃는 얼굴들이 가증스러웠다. 반드시 대학원에 진학해야만 했다.

그 당시 우리 집은 경제적으로 최악이었다. 자존심으로

똘똘 뭉친 엄마는 결코 남들에게 우리 집 경제사정을 말하지 않았기에 남들은 우리의 어려움이 어느 정도인지 알지 못했을 것이다. 주변 사람들은 아무리 그래도 아빠가 은행 지점장까지 한 데다가 엄마는 약사인 집이 정말로 땡전 한 푼 없으리라고는 믿지 않았을 것이다. 엄마는 아무리 없다 해도 바보가 아닌 이상 살 만큼 모아놓았겠지 짐작하는 사람들에게 구태여 우리 집 경제사정을 밝힐 필요도 없었거니와 밝히고 싶지도 않으셨다.

생각해보니 아빠가 은행을 나온 시기가 내가 대학교 2학년, 빚을 지고 거리에 나앉은 상태에서 오빠도 대학생이었다. 대출을 받아 보험 대리점을 내어준 지 얼마 되지 않아 아빠에게 찾아온 사고로 병원비는 어마어마했다. 그 많은 돈들을 엄마는 어떻게 해결한 것일까?

대학원 첫 학비를 주시면서 엄마는 처음으로 내게 경제적으로 많이 힘들다고 직접적으로 말씀하셨다 .

"이제 와 하는 말인데 너희 아빠가 은행에 있을 때는 학비가 나오니까 전혀 몰랐지. 은행 때려치우자마자 대학생 두 명 학비를 대는 것이 만만치 않더라. 예전에 시골에서 자식 공부시킨다고 소 팔고 한다는 게 우습기도 했는데, 그 부모들 마음이 이해 가더라고. 힘든 건 힘든 거고, 어쨌든 걱정하지 마. 엄마가 너 공부 하나 못 시키겠니.”

죽어라 하는 법은 없나 보다. 과외 아르바이트를 하면서 무사히 대학원을 마칠 수 있었으니까.

간절히 바래서였을까? 나름 인기 있는 과외 선생님이었던 나는 학비를 충당하고 용돈을 쓸 수 있을 만큼 과외가 끊이질 않았다. 신기하고 감사한 일이다.

‘내가 포기하지 않는 이상, 하고 싶은 일을 할 수 있다’는 자신감이 생겼다.

친척들은 천사가 타락하여 나쁜 아이가 되었다고 했지만, 주변의 눈치 때문에 진학을 포기했더라면 지금의 나는 없었을 것이다.

또한 아이러니한 일이지만 아빠가 다치지 않으셨다면 나는 지금과 다른 길을 가고 있을지도 모른다. 20대의 나는 내가 심리 상담을 직업으로 삼으리라고는 꿈도 꾸지 않았으니까.

지금의 나를 있게 한 것은 역시 아빠와 엄마, 그리고 내게 상처를 준 여러 사람들 덕분이다. 지금은 사그라진 상처들이다.(^^)

지금도 널 보면 설레

아빠는 퇴원한 이후에도 10년 정도는 병원을 정기적으로 다니셨다. 처음엔 한 달에 한 번 정도였다가 3개월에 한 번으로 병원 가는 횟수가 점점 줄었다.

대기실에서 이름이 불리기를 기다리고 있는데 낯이 익은 모습의 사람이 다가왔다.

"이게 누구야~."

원주까지 내려왔었던 그 사람, 내 후원자가 되어주겠다던 사람이 앞에 있었다.

아빠가 진료를 받을 때까지 기다리더니 우리 둘을 데리고 본인의 방으로 데려갔다.

그 병원에서 일하고 있을 줄은 몰랐다. 아니 알았다 해도 그 넓은 병원에서 마주칠 확률이 얼마나 있었을까? 거짓말처럼 우연히 만난 것이다.

아빠에게는 음료수를 드리고 나를 방 안의 또 다른 방으로 데리고 들어갔다.

"얼마나 보고 싶었는데, 여기서 만나다니. 연락을 갑자기 끊어버리면 어떡해?"

"똑같이 한 걸로 치면 되지요. 한 번 보고 6개월 연락 안

한 사람처럼. 저도 한 번 보고 연락 끊을 수 있지요. 그리고 지금처럼 이렇게 하는 것 실례예요. 다시는 보지 않았으면 좋겠어요."

"허… 난 지금도 널 보니까 설레는데~."

"전 전혀 그렇지 않아요. 여전히 독특하시네요. 이만 가볼게요. 아빠를 저렇게 두고 이런 얘기 나누는 것, 진짜로 불편해요."

"그렇구나…. 그래, 별일은 없는 거지? 너는 건강하고? 그럼 됐다! 너무 아쉽지만…."

이 남자 나쁘다. 자기 생각만 하고 다른 사람 생각은 아랑곳하지 않는다.

아픈 아빠를 모시고 병원에 온 딸에게 하는 소리치고는 너무 예의가 없지 않은가? 설레다니?

내가 몇 년 동안 전혀 느끼지 못했던 '설렘'이란 단어를 그렇게 쉽게 내 앞에서 말해버리다니.

나도 20대에 느낄 수 있는 낭만적인 연애 감정을 느끼고 싶었단 말이다.

그런데 그런 감정이 내겐 사치라고 여겨져 꼭꼭 봉인해 놓았었다.

내 허락도 없이 감히 이런 장소에서 그런 말을 한 그 사람을 용서할 수 없었다.

오랜 시간이 지나서야 그 사람을 한번 만나고 싶다는 생각이 들었다. 그냥 삶이란 단순한 거니까. 그 사람이 그럴 수도 있었다 싶은 거다. 친한 사람이 죽어도 배는 고프고, 전쟁터에서도 사랑이 싹트는 것이 사는 것이니까. 말이 안 되는 것은 세상에 존재하지 않는다. 이미 일어났다는 것은 세상에 자연스러운 일일 것이다.

엄마의 순정

엄마는 원주에서 5년 정도 계셨다. 원주 생활이 지겨워지셨는지 서울에 다시 올라오셔서 약국에 아빠를 모시고 나가서 일을 하셨다. 아빠의 지능은 세 살 정도이지만 어른의 습관은 그대로 남아 있어서 틈만 나면 나가 길바닥에 떨어진 담배꽁초를 주워 피워 세균에 감염이 되기 일쑤였다. 지갑에는 돈이 두둑이 있어야 안심이 되는지 몰래 돈을 빼내어 지갑을 채운 뒤 약국에 오는 아이들에게 거액의 용돈을 주기도 했다. 아빠의 엉뚱한 행동 때문에 엄마의 입은 점점 거칠어갔다.

"석미야, 내 말 좀 들어봐라. 웃긴다. 어차피 남편 회복될 가망도 없는데 너라도 사람답게 살아야 되지 않겠냐며⋯ 연애하자고 하는 놈들이 있다."

"그래? 좋겠네⋯. 인기도 있고. 누군데?"

"너도 알아, 누군지 얘긴 해서 뭐 해, 웃긴 건 잠시 마음이 흔들리더라고. 너무 외로워서⋯ 나도 든든한 사람 하나 옆에 있으면 좋겠다 싶어서. 대화라도 할 수 있는 어른 말이야. 차라리 죽어 없으면 편한데 병신이 되어도 살아 있으니 그래도 남편인데⋯ 다른 남자를 어떻게 만나. 같이 죽으면 죽었지⋯."

"엄마도 인생이 있는데, 그 아저씨 만나서 위로도 받고 연애도 하면 어때? 엄마 욕할 사람 아무도 없다. 지금 도망가도 할 말이 없어. 엄마 하고 싶은 대로 해도 돼. 벌써 몇 년째인데."

"다 내 팔자다. 전생에 내가 너희 아빠를 많이 괴롭혔나 보지. 아니고서야 이렇게 나를 힘들게 할 수 있니?"

엄마는 아빠를 대학교 1학년 때 만났다. 먼 친척 되는 아저씨가 엄마와 동갑이었는데, 아빠를 소개시켜 준 것이다. 약대를 다니고 있는데다가 나름 순수한 이미지에 늘씬한 체형의 엄마에게는 졸업반이 되면서 선이 많이 들어왔다고 한다. 할아버지는 그중에 레지던트 과정에 있는 한 남자를 맘에 들어 했단다. 아빠는 할아버지의 반대에 물러나지 않았다. 아직 대학 4학년이었던 아빠에게 "그럼 자네는 어떤 계획을 가지고 있느냐? 내 딸을 어떻게 먹여 살리겠느냐?"라고 묻는 할아버지에게 아빠가 당당히 말했단다. 당시 직업으로는 최고의 인기가 있었던 은행에 취직하겠으니 따님을 달라고.

음주 가무에 찌들었던 대학 생활을 마감하고 몇 달간의 피나는 노력을 통해 가장 알아주는 은행에 1등으로 붙었단다. 그리하여 결혼 승낙을 받았는데 갑자기 아빠로부터 연락이 끊겼다고 한다. 걱정이 된 엄마는 아빠의 하숙집으로 찾아갔단다. 방에는 소주병이 나뒹굴고 아빠는 폐인이 되어 있었는데, 결핵이었단다. 당시의 결핵은 아주 심각한 병이었기에 아빠는 이런 몸으로 결혼할 수 없다며 헤어지자고 했단다. 술을 한 모금도 마시지 못하는 엄마였지만 뭔지 모를 사랑이 솟구쳐 올라 소주 한 병을 단박에 마시고는 펑펑 울면서 "내가 누구야, 약사잖아. 앞으로는 기술도 좋아지고 좋은 약들도 많이 나올 거야. 내가 당신 꼭 고쳐줄게. 나보다 오래 살도록 건강하게 돌봐줄 테니 이러지 마. 당장 결혼하자, 우리!" 했단다. 그래서 둘은 결혼했다.

"석미야, 이 인간이 나를 이렇게 부려먹으려고 나 약대 때려치우려고 할 때마다 말렸나 봐. 진짜 약대는 내 적성에 맞지 않아서 지옥 같았어. 그래서 내가 지금도 절대 책을 안 봐. 아주 진절머리가 나서. 고시 끝나고 책 다 찢어버렸다. 약대에서 가정과로 전과하려고 했는데… 했어야 했나? 벌어다 주는 돈으로만 살았으면 이 인간이 달라졌을까? 이제 와 말하는데 너희 아빠, 월급봉투 한 번 갖다준 적 없다. 하긴 내 잘못이지. 그깟 월급 얼마 되냐고, 용돈으로 쓰라고 했어. 내 벌이가 훨씬 많았으니까. 너희 아빠가 교양과목 리

포터도 다 써주고 해서 여러 과목 A 받았다. 나야 무식해서 그런 것 못하잖니. 암기야 좀 잘 하지만. 니네 아빠가 없었으면 나 졸업 못 했을 거야. 아, 그래도 약사가 아니었으면 인생이 달라졌을 수도 있는데… 편하게 아빠가 벌어오는 돈 갖고 살면 됐을 걸, 뭐 하러 사서 고생하고 지금까지도 이게 뭐냐? 너는 제발 얌전히 들어앉아 남편이 벌어다 주는 돈으로 편하게 살아라."

"엄마는 아빠 어디가 그렇게 좋았어?"

"얼굴에 반했지 뭐, 하긴 노래도 잘하고 아는 것도 많고, 무엇보다 착하고. 근데 착한 게 문제다. 너무 착해서 탈이야. 바보같이."

"엄마도 착하잖아."

"그러니까 문제지. 한 명은 좀 약아야 가정을 지키지. 둘 다 착해빠져 가지고 이용만 당하니까 이렇게 된 거 아니냐? 너는 제발 약은 놈 만나야 돼. 너도 순진해서 문제야, 문제."

"생각보다 나는 착하지 않아. 엄마, 걱정 안 해도 돼."

엄마의 사윗감 첫 번째 조건도 아빠보다는 약은 사람이었다.

결혼은 꼭 해봐야지

내 나이 서른이 가까워지자 엄마는 마음이 급해지셨는지, 아니면 엄마 친구분이 좋은 사람이 있다며 권했는지 몰라도 내게 선을 보게 했다. 나는 엄마의 잔소리를 견디기 힘들 것 같아서 우선 귀찮음을 피하기 위해 선을 보기로 했다. 소개팅은 해보았어도 어른들을 통한 선은 처음이었기에 조심스러웠다. 선을 보는 사람들은 왠지 나이가 꽤 들었거나 고리타분할 것 같다는 선입관이 있어서인지 아무런 기대도 하지 않았다.

그런데 웬~걸! 완전 내 스타일이 등장한 것이다. 선이라는 것이 결혼을 전제로 만나는 것이기에 상대방이 완전히 괜찮은 사람이었음에도 마음의 부담이 너무나 컸다. 나는 원래 독신주의자였다.(ㅋㅋ) 중학교 때에는 별명이 '목석'이었는데 이성을 좋아하는 마음이 없다고 붙여진 별명이었다.

고등학교부터는 아빠를 내 남자 친구라고 떠벌리고 다니다가 사고가 난 아빠를 돌보게 되면서 '평생 아빠 옆에서 늙어갈 수도 있겠다'라고 마음먹고 있었던 터라 '결혼'이라는 것은 생각도 하지 않았다. 한 가지 억울하다 생각했던 것은 결혼을 하지 않으면 여자로서 경험할 수 있는 최고의 선물인 '아이를 낳는 일'을 못 한다는 것뿐이었다.

어쩌면 내가 '결혼을 하지 않겠다'라고 마음먹은 것은 어릴 적부터 아빠에게 들었던 "결혼은 말이야, 사랑하는 사람하고 하는 게 아니야, 결혼은 현실이니까. 사랑하는 사람이 미워지기도 해서 슬프거든." 이 같은 말들 때문이었을 수도 있다.

하지만, 아이가 되어버린 아빠를 대하는 엄마를 보면서 '결혼'에 대해 다시 생각하기 시작했다. 도대체 결혼이 무엇이기에 저리 지극정성으로 사람을 대할 수 있을까? 부부에게는 연애나 사랑 이상의 무언가가 있는 걸까? 엄마가 새로운 인생을 시작하려면 바로 지금인데 엄마는 평생을 과부 아닌 과부로 살려고 하는 걸까? 무엇이 엄마를 아빠에게로부터 떠나지 못하게 하는 걸까? 엄마가 같은 여자로서 한없이 불쌍하기도 하고 위대해 보이기도 했다.

부부로 맺어진 사람들의 마음을 느껴보고 싶어 '결혼이란 것을 한번 해봐도 좋겠다'라는 생각이 들더니 점점 '결혼은 꼭 해야겠다'라는 굳은 의지로 변하게 되었다. 이렇게 독신주의에서 결혼주의자로 마음은 변했지만, 결혼은 내게 현실이 아닌 언젠가는 이루고야 말 상상 속의 목표에 가까웠다. 선도 희망을 가지고 나간 것도 아니고 엄마가 하도 귀찮게

선을 보라고 해서 보게 된 것인데, 그렇게 속도를 내며 진행되어 갈 줄 누가 알았으랴.

만난 지 6개월이 되어가면서 결혼 이야기가 실제로 나오자 나보다 긴장한 것은 엄마였다. 나는 선을 본 상대가 좋기는 했지만 아직 결혼에 대해 실질적으로 생각해보지도 않았거니와 그 사람이 남자로서 느껴지지가 않았다. 그냥 편안한 오빠로 바라보고 있는 것이 좋았다.

상견례 이야기가 나오면서 엄마의 불안은 극도에 달하게 되었다. 자존심이 유독 강했던 엄마는 상견례에 아빠를 모시고 나갈 용기가 나지 않았던 것이다.

"그쪽 집이 우리 사정 다 알고 있는데 뭐 어때?" 해도

"안 돼, 너희 아빠를 봐라. 우리야 늘 보니까 익숙해져서 모르지만 생전 처음으로 보는 사람들은 깜짝 놀랄걸. 겉으로야 아무렇지 않은 척할 수 있지만 속으로 무슨 생각을 하겠어? 세상 착하고 똑똑한 사람이 너의 아빠라는 것을, 아빠 예전 모습을 아는 사람들은 이 모습을 보고도 예전을 기억하고 안타까워하겠지만 처음 보는 사람들이야 흉측하다 생각하겠지, 안 그래? 이 양반을 처음부터 그런 괴물로 바라본다는 것이 견딜 수 없어" 하시는 것이었다.

결국 당연히~ 이 선은 결혼으로 이어지지 못했다.

지금 내 곁에 있는 남편은 자신의 이야기를 쓰는 것을 허락하지 않을 것이기에 내 현실의 결혼 과정에 대한 이야기는 생략하겠다. 하나만 빼고 말이다.

누가 나를 데리고 결혼식장에 들어갈 것인가?

결혼 날짜가 잡히자 신부를 데리고 식장에 들어가는 아빠의 역할에 있어 인척들 사이에 갈등이 생긴 것이다. 아빠가 실수를 할 확률이 90% 정도 되니까 아예 신랑신부 같이 들어가는 것으로 하든지, 아니면 다른 남자 친척 중 한 명이 아빠를 대신하여 신부를 데리고 들어가는 것으로 하자는 것이었다. 아빠가 아예 이 세상에 없으면 몰라도 버젓이 살아계신데 다른 사람이 내 손을 잡고 들어가는 것은 용납이 되지 않았다. 내게 있어 나를 신랑에게 데려다줄 사람은 오직 아빠뿐이었다.

아빠는 성공적으로 해내셨다. 아빠의 팔짱을 끼고 들어가면서 '이분이 나의 아빠랍니다!'라고 소리치고 싶었다. '아빠를 평생 모시고 살겠다'라는 딸이 배신하는 느낌도 들었다. 아빠 곁에 엄마도 있고 오빠도 있는데 이제 아빠를 누가 보살펴줄까라는 자만이 가득한 걱정도 들었다.

엄마는 우시지 않았지만, 아빠의 무표정하게 일그러진 얼굴에서 휘둥그레 벌어진 눈에 흐르는 눈물을 나는 보았다. 신혼 여행 후 들렀을 때에도 엄마는 우시기는커녕 웃으셨다.

"어머니, 걱정 마세요, 제가 잘 데리고 살게요" 하는 사위
에게 고마워하셨다.

내 앞에서는 절대 울지 않으시던 엄마는 한동안 노란색
차만 보면 눈물을 한없이 흘리셨단다.

딸이 타고 다녔던 차가 노란색이었기에.

엄마 맞아?

아빠가 즐겨 부르던 노래,
"엄마가 섬 그늘에 굴 따러 가면
아가는 혼자 남아 집을 보다가
바다가 들려주는 자장노래에
팔 베고 스르르 잠이 듭니다"

그 노래를 부를 때마다 더욱 외로워 보였던 아빠의 눈빛.
돌아오지도 않는 엄마를 기다리던 꼬마 아이의 눈빛이었
을까?

아빠의 엄마, 즉 나의 할머니는 열여섯에 부잣집으로 시
집을 왔단다. 얼굴도 반반하고 할머니 집도 그럭저럭 괜찮
은 집이었다고 하니 중매가 쉽게 이루어졌으리라.

규모가 있는 방앗간을 하는 집에 하인도 여럿 있었다고
하니 할머니는 할 일이 없으셨는지 바람이란 바람을 다 맞
고 다니셨나 보다. 춤바람, 화투바람, ….

아침이면 정성 들여 하얗게 분칠하고 빨갛게 루주 바르시
고는 외출을 해서는 밤이 되도록 돌아오지 않아서 막냇삼촌
이 할머니를 찾아내어 끌어오곤 했단다.

장남이었던 아빠는 초등학교 시절부터 똑똑해서 작은 시골 도시엔 어울리지 않으니 서울로 유학을 보내야겠다고 집안어른들은 생각하셨다. 초등학교 5학년 때 서울 큰할아버지 댁으로 올라온 아빠에게 엄마라는 존재는 분명 존재하지만 존재하지 않는 대상이 아니었을까?

내가 초등학생이 되면서 우리 집에서 할머니, 할아버지를 모시고 살게 되었다. 나는 할머니보다는 할아버지가 좋았다. 마른 체구에 지적인 느낌의 할아버지가. 할머니는 욕심이 어찌나 많으신지 방 안에 먹을 것을 가득 숨겨놓으시고는 혼자서만 드셨는데, 그 맛있는 음식들이 썩을 지경이 되어서야 아까워하면서 꺼내서는 먹으라고 주시곤 하셨다. 그러면서도 딸들은 얼마나 끔찍이 위하셨는지 명절이 되기 한 달 전부터 명절 음식을 만들기 시작해서는 딸들에게 바리바리 챙겨 보내곤 하셨다. 다른 집은 딸들이 찬밥 신세이고 아들이 우선인데, 우리 집 장남인 아빠는 아무것도 챙겨 받지 못했다. 아빠의 딸인 나 역시 내 딴에는 할머니의 사랑을 느낀 적이 한 번도 없어서, 혹시 아빠가 주워 온 아이가 아닌가 하는 의심을 한 적도 있었다.

아지랑이 올라오는 나른한 봄날, 증조할머니가 강아지를

머리에 이고 올라오셨다. 그래서 우리 집에는 할머니가 셋 계셨다. 아빠의 엄마, 증조할머니, 살림을 하시는 약국할머니.

강아지는 태어난 지 얼마 되지 않았는데, 벤이라고 이름을 지어주었다. 벤은 그 후 많은 새끼들을 낳았다. 다 기를 수가 없어서 맨 처음 태어난 새끼들 중에 가장 용감하고 예쁜 강아지 한 마리만 같이 키우고 나머지는 모두 지인들에게 선물로 주었다. 우리의 선택을 받은 강아지 '방울이'는 너무 예뻐서 강아지 미스코리아 선발대회에 나가면 반드시 1등을 먹을 거라고 확신했었다. 그 예쁜 방울이가 집 앞에 흐르는 시냇가에서 입에 거품을 물고 갑자기 죽어버렸다.

방울이가 죽은 다음 날 갑자기 삼촌이 찾아와 혹시 방울이에게 무슨 일이 있는지 물어보셨다. 방울이는 우리 집 친척 전부가 예뻐하는 스타였다. 차마 방울이가 죽었다고 말할 수 없어 우물쭈물하고 있으니까 삼촌이 말한다.

"어제 이상한 꿈을 꾸어서 그래. 내가 하얀 길을 걷다가 차에 치일 뻔했는데 방울이가 어디선가 나타나 나 대신 치였다니까. 너무 찜찜한 거야. 그래서 방울이 보러 왔지." 우리는 방울이가 삼촌을 대신해서 하늘로 갔다고 생각했다.

방울이가 죽고 나자 벤은 학교에서 내가 돌아와도 아무런 반응도 없이 하루 종일 잠만 잤다. 그러던 중 벤이 없어졌다. 일주일이 지나서야 벤의 행방을 알게 되었는데 할머니가 벤을 개장수에게 팔아버렸다는 것이다. 솥단지하고 바꿔 버렸단다.

그때 나는 '할머니는 사람도 아니다'라고 생각했다. 내 마음속에 할머니는 죽었다.

아빠가 어린아이가 되고 나서 할머니를 본 적이 있나? 아! 한 번 본 적이 있다. 당신과 오롯이 24시간 붙어 있을 때 무슨 바람이 불었는지 할머니가 찾아왔었다. 이때다 싶었는지 엄마는 할머니에게 애들도 사회활동을 해야 하니 이제 어머니께서 좀 아들을 돌보면 안 되겠냐고 부탁을 하셨다. 할머니의 커다란 눈이 더 커지더니 아무 말 없이 일어서서 뒤도 안 보고 도망치듯 가버리셨다.

엄마는 기가 막힌지 "기대는 하지 않았지만 정말 기가 막히네. 저런 양반을 엄마라고 둔 너희 아빠가 불쌍하기도 하지. 해도 해도 너무한다. 다시는 우리 집에 발을 들여놓지 못하게 할 거야" 라고 하셨다. 그리고는 불쌍하다고 한 남편을 오히려 때리며 복도 지지리도 없어서 우릴 고생시킨다고 소리를 질러대셨다.

나야 이미 벤을 개장수에게 팔아넘겼을 때 할머니를 포기했기 때문에 별 충격도 없었다. 단지, 아빠가 너무 가여웠다. 엄마에게조차 사랑받지 못하고 이제는 버림받은 아빠가 마치 내 아이 같았다. 어쩌면 아빠가 일찌감치 초등학교 때 할머니와 떨어져 나온 것이 다행일지도 모른다. 계속 할머니와 함께 살았더라면 내가 아는 아빠가 아니었을지도 모르니까. 내가 아는 아빠는 외로워 보여도 사랑이 넘치는 사람이었으니까. 할머니는 생각도 안 나는 언젠가 돌아가셨는데, 이렇게 말하니까 나쁜 손녀긴 하지만 죽음도 할머니답게 맞이하셨다. 찹쌀떡이 기도에 걸려서 119에 실려 병원에 가던 중 돌아가셨단다. 할머니는 그날도 어김없이 귀신처럼 하얗고 곱게 화장은 하셨을 것이다.

몇 년 전부터 친정 거실에 걸려 있는 오빠의 결혼식 사진에 할머니의 얼굴만 이상하게 색이 바래갔다. 내가 할머니를 미워해서 그런가 싶기도 하고 세월이 갈수록 점점 할머니도 가여워진다. 돌아가신 분의 사진은 원래 색이 빠르게 변한다고는 하지만, 너무나 바랜 할머니의 얼굴을 보고 있자니 '할머니의 인생도 만만치는 않았을 텐데… 외로웠겠다. 할아버지의 사랑도 받지 못하고. 밖으로 떠돌면서… 어떻게든 살아보려고 그래도 애를 쓰셨겠구나' 하는 생각이 들었다. 아직도 아들을 내친 할머니를 온전히 이해하지는 못하지만, 마음 한편으론 예쁘장한 할머니가 조금은 안쓰럽게 느껴질 때도 있다.

아빠의 오랜 아내

아빠에게도 식탐이 있긴 했다. 할머니를 꼭 닮아서인지. 하지만 다른 점은 할머니는 혼자서만 드셨는데 아빠는 모두와 함께 먹기를 좋아했다는 점이다.

설날을 맞아 일찌감치 생갈비를 왕창 사놓았는데 그 갈비가 통째로 없어졌단다.

범인은 아빠였다. 뜨끈한 아랫목에 갈비를 숨겨놓은 것이었다. 반쯤은 생으로 드셨고 남은 반은 아랫목에 놓인 바람에 상해서 모두 버려졌다.

아빠는 매번 이런 식으로 매를 번다. 엄마에게 등짝을 얼마나 세게 얻어맞았는지 소리만 들어도 무서웠다. 잠시라도 집에 아무도 없으면 부엌을 뒤져서 마구 드시다 남으면 숨겨놓으셨다. 가만히만 있으면 좋으련만 하루가 멀다 하고 사고를 치니 감시자가 늘 붙어 있어야 했다. 아기가 된 아빠의 보호자. 24시간 보호자 역할을 내가 결혼한 이후로는 오빠가 오랫동안 했다.

아빠의 책을 읽고 글을 쓰는 습성은 사라지지 않아서 손녀의 책에다, 하물며 교과서와 문제집까지 어느 사이 가져

다가 낙서를 하시고 마음에 드는 그림이 있으면 오려서 지갑에 테이프로 붙여놓으셨다. 손녀의 작품이나 숙제노트까지 엉망으로 만들기 일쑤, 그나마 열려있었던 손녀의 방까지 잠그게 되었다.

아빠의 상태가 점점 나빠지자 오빠는 용돈을 드릴 때 어차피 돈의 액수를 알지 못하니 질보다 양이 중요하다며 천 원짜리를 열 장 드리라고 했다. 그래서 천 원짜리 열 장을 드렸다가 엄마한테 욕을 한바탕 얻어먹었다. 엄마는 "이제 너도 아빠를 무시하는 거냐? 만 원이 뭐냐, 만 원이. 세상 사람 다 저 인간 무시해도 너는 안 그럴 줄 알았다. 아빠가 모를 줄 알지? 다 알아. 얼마짜리인지 다 안다고. 너도 이제 인연 끊어!"

엄마의 마음이 풀어지는 데 생각보다 오랜 시간이 걸렸다.

다음 해에 아빠의 상태는 더 안 좋아졌지만 나는 엄마가 무서워서 아빠에게 오만 원짜리로 열 장을 드렸다. 일주일이 지난 후에 엄마가 "너 혹시 아빠 얼마 드렸니?" 묻는다.

"오십만 원. 왜?"

"왜 그렇게 많이 줬어?"

"엄마가 서운해할까 봐 그랬지."

"아까워서 어떡하니… 돈을 다 오려놨지 뭐야. 신사임당 할머니 얼굴은 여기저기 붙여놓고."

"할 수 없지 뭐, 다음부터는 조금만 드릴 거니까 뭐라고 하지 마."

약국에 아빠를 모시고 나갔을 때에도 지갑이 두둑해야 안심을 해서 성질을 안 부린다고 지갑에 만 원짜리를 몇십 장씩 채워주었다가 약국에 오는 동네 꼬마들에게 싹 돈을 뿌린 아빠를 엄마가 끝내 포기하기까진 20년이 넘게 걸렸다.

엄마는 "가끔씩은 말이야, 저 인간이 연기하는 게 아닌가 하는 생각이 들어. 다 알고 있으면서, 완전히 정상인데 날 골탕 먹이려고. 아니야, 사고가 나지 않았어도 머리가 돌지 않으면 정상이 아니지. 해결할 수 없는 상황에서 혼자 도망간 거야, 치사하게. 내게 모든 것을 남겨두고, 뭔 걱정이 있겠니, 이 양반이. 배부르면 되지. 나만 허덕허덕하고 죽을 맛이지. 같이 죽자고 막 꼬집으면서 말하면 눈에 눈물이 그렁그렁해. 뭘 알긴 아는 거지? 그러면 또 불쌍해서 미안하고 잘해주어야지 하는데 너무 힘드니까 구박만 하고…."

존재함에 대한 감사

아빠가 식물인간이었다가 기적적으로 의식이 돌아왔을 때, 우리 가족은 신이 있다고 확신했다. 기적이 한 번 일어난 이상 계속 일어나지 아니할 이유가 없다고 믿고 싶었다. 병원에서 더 이상 치료할 것이 없으니 퇴원하라는 권유에도 조금만 더 노력하면 아빠의 뇌가 회복될 것이라는 믿음을 버리지 않았기에 퇴원 대신 정신병동 입원이라는 선택도 했었다.

정신병동에서도 퇴원하라는 권유를 받고 집으로 돌아와서 태풍이 부는 가을, 열흘간의 가출을 무사히 끝내고 나타난 아빠를 보았을 때 이 사람은 진정 자연이 선택한 회복될 사람인가 싶었다.

지적인 생활은 하지 못하더라도 감정을 나눌 수 있을 정도까지는 회복되리라는 희망을 버릴 수 없었다. 그 희망만이 우리 가족을 지탱해주는 힘이었으니까.

그러나 십 년이라는 시간이 흐르면서 우리는 서서히 지쳐갔다.

오로지 자신의 욕망에 충실한 아빠와의 소통은 불가능해

졌다.

저렇게 산들 무슨 의미가 있나?

인간이 저래도 되는가?

주인이 오면 꼬리라도 치며 반겨주는 강아지가 더 낫지.

회복이라고는 찾아볼 수도 없는 인간을 위해 온 가족이 붙들려 있는 상황은 아빠에 대한 안타까움보다는 미움과 원망을 키워주었다.

사람이 사람답게 살아야지 동물보다 못하게 살면 뭐 하나 하는 생각이 자꾸만 들었다.

사람답게 살아갈 가능성이 없는 아빠는 이제 사는 것보다 죽는 것이 더 나은 존재가 되어버렸다. 과연 사람답게 살아간다는 것은 어떤 것일까?

아빠는 가장이니까 가족을 먹여 살릴 능력이 있어야 하고, 병이 들었어도 마음은 고상하여 정신적인 의지라도 되어주어야 비로소 사람답게 산다고 할 수 있을까? 아니다. 이것은 사람답게 산다는 의미를 사회에서 주어진 역할을 얼마나 충실하게 해내는 것에만 중점을 둔 판단일 뿐이다.

아빠가 처음부터 바보에 자기 욕심만 차리는 사람이었다면 덜했을까?

사람답게 살지 못할 거면 차라리 죽는 게 낫잖아요…라는 야멸찬 원망의 말도 사실은 예전의 아빠에 대한 그리움이 너무 커서가 아니었을까? 멋진 아빠를 포기하느니 차라리 이별을 고하고 우아한 아빠만을 추억으로 간직하고 싶은 욕심이 아니었을까?

지적인 아빠를 내려놓는 데에 십 년의 시간이 필요했다. 아이큐 30인 아기로서의 아빠를 받아들이고 나자 말이 통하지 않아도 좋으니 그냥 있어만 줘도 든든한 존재로 느껴지기 시작했다.

사람이 꼭 일을 해야만 하는 것도 아니고 건강해야 하는 것도 아니지 않은가?

가난해도 도둑질하지 않고 좋아하는 맛있는 음식 같이 먹으며 손잡을 수 있으니, 이미 아빠가 존재하는 이유가 충분하지 않은가?

그저 아빠가 살아 있어 주는 것만으로 충분히 감사한 시절이 있었다.

하지만 엄마는 남편을 끝까지 내려놓지 못했다.

"저 양반이 일부러 저러는 걸 거야. 가끔씩은 제정신일 때가 있다니까. 병신이 된 걸 알면서도 가끔씩 정상인 사람으로 착각해서 너무 미운 거야. 일부러 그런다고, 나 괴롭히

려고 그런다고 생각하면 화가 치밀어 올라 막 때리게
돼….”

엄마는 자신은 남편에게 못되게 굴고 욕을 해도 되지만
오빠와 나는 그러면 안 된다고 했다. 부부와 부모-자식의
관계는 엄연히 다르다면서. 부모가 아무리 바보 천치가 되
어도 부모는 부모라고. 무시하거나 가벼이 대하면 안 된다
고 했다.

돈, 엄마의 사랑

엄마는 "돈이라도 많으면 까짓것 약국 때려치우고 이 양반을 데리고 공기 좋은 곳으로 내려가 살면 될 텐데… 목구멍이 포도청이라 약국을 그만둘 수도 없는 노릇이다"라며 아빠에게 미안해하고 원망도 했다.

아빠는 "네 엄마는 돈밖에 몰라"라는 말을 내게 종종 했었다. 명절에도 약국 문을 열고 친척들이 다 모이고 나면 잠깐 들어와 차례만 지내고 다시 나가시곤 했으니까.

엄마는 우리 집에서 가장 돈을 좋아하는 사람, 아니 돈 버는 것을 좋아하는 사람으로 여겨졌었다. 병원에서 처방을 받아 약국에서 조제하는 지금의 시스템과는 달리 예전엔 약사가 임의로 약을 조제했었다. 엄마의 조제 실력은 소문이 자자해서 멀리서 약을 조제하러 오는 사람이 많았고 주말도 없이 아침 6시 30분이면 문을 열어 11시에 닫는 약국에는 늘 사람이 북적거렸다. 퍼 주기 좋아하는 엄마의 마음 씀씀이도 한 몫 했을 것이다.

오빠의 소원은 '엄마가 싸준 예쁜 도시락을 학교에 가서 먹는 것'이었다. 약국할머니가 싸주신 도시락에는 종종 머리카락이 들어가 있었는데, 머리카락을 빼내려다가 밥이 딸려 오기가 일쑤였다. 그런 날은 도시락을 고스란히 남겨 와서는 약국할머니와 오빠와의 말다툼이 시작되었다. 그래도 반찬의 수나 종류에 대해서는 인기가 있어서 도시락을 열자마자 친구들의 재빠른 손에 의해 반찬이 어디론가 사라지는 인기 도시락이었지만, 할머니의 수준에서 아무리 정성을 쏟아도 도시락을 예쁘게 꾸미지는 못했던지라 나름 예술적이었던 오빠에게 도시락은 늘 미흡했다.

엄마는 딸인 내게 전문직을 가지지 말라고 누누이 말씀하시곤 했다. 특히 약사나 의사 같은 직업은 본인은 죽어라 하고 일만 하고 남 좋은 일만 시킨다며 "너는 가정과에 가서 남편이 벌어다 주는 돈으로 편하게 먹고살아라"라고 말씀하시곤 했다.

엄마는 원래 어릴 때부터 테니스를 했는데, 전국체전까지 나가는 전망이 밝은 테니스 선수였다. 고3이 되자 외할아버지께서는 '운동은 못살고 공부 못하는 애들이나 하는 것'이라며 갑자기 '운동으로는 절대로 대학에 보내지 않겠다'라고 선포하셨다. 북에서 남으로 홀로 내려와 어렵사리 가정을 이룬 외할아버지는 딸에게 남부럽지 않게 돈을 잘 버는 직업을 가질 수 있는 학과를 정해주셨던 것 같다. 바닥이 너덜너

덜하게 해진 운동화를 찍찍 끌고 다니던 엄마는 전형적인 여대생의 표준은 결코 아니었다. 대학 교양과목 리포트는 아빠가 다 써주었으니 망정이지 그렇지 않았으면 교양과목에 F학점이 수두룩할 정도로 문화생활과는 영 거리가 멀었다.

엄마가 탁월한 재능을 보인 영역이 있었으니 바로 치를 떨 정도로 싫어했던 약대 공부를 통해 얻어낸 약국 운영이었다. 자녀들이나 남편에게 살갑게 대해주지는 못해도 가장 좋은 음식과 옷을 제공하는 금전적인 혜택이야말로 엄마가 가족에게 할 수 있는 최선이라고 생각했는지도 모른다. 아빠가 사고를 당한 후에야 들은 얘기인데, 엄마는 아빠로부터 월급을 받은 적이 한 번도 없다고 하셨다. 아빠가 월급봉투를 가져와 내밀었을 때, "얼마나 된다고. 당신 용돈 써~" 했다는 것이다. 엄마는 남자 주머니는 자고로 두툼해야 기가 죽지 않는다면서 월급을 아빠가 다 써버리도록 놔둔 것이다. 그 당시의 은행원 월급이 적지는 않았을 텐데 그 돈을 다 써버린 아빠나 엄마나 철이 없기는 마찬가지였던 것 같다.

돈이 마구 들어오는 엄마의 입장에서 아빠의 월급이 대단치 않게 보였을지도 모르지만, 가장의 입장에서는 면목이 서지 않았을 것도 같고 다소 기분이 안 좋았을 것 같다. 그래서 월급을 흥청망청(?) 써버리셨을까? 노래 반주 한 곡에

만 원에서 십만 원까지 받을 수 있었던 이유를 늦게나마 알
게 되었다.

　부잣집 딸에서 하루아침에 빈털터리 신세로 전락한 나는
돈에 대해 오히려 자유롭게 되었다. 돈이라는 것은 있다가
도 없는 것이고 엄마처럼 돈을 악착같이 벌어도 아무 소용
이 없으니 그저 돈은 구차해지지 않을 정도로만 있으면 된
다고 생각했다.
　나는 몰랐던 것이다. 사람이 구차해지지 않을 정도로 돈
을 벌기 위해서 다들 필사적으로 노력하고 있다는 것을. 아
빠가 24년간 우리 곁에 있을 수 있었던 것도 엄마의 눈물겨
운 고생이 없었다면 불가능했을 것이다. 엄마의 약국을 운
영하는 부지런하고 지독한 습관이 없었더라면 치료비며 약
값, 그리고 몸에 좋다는 음식들을 어떻게 금전적으로 충당
할 수 있었을까?

　엄마는 "난 할 만큼 다했다",
　"난 떳떳해, 내 인생에 대해 최선을 다했어. 너네한테나
아빠에게나."
　맞다. 엄마에게 있어 돈은 사랑이었다.
　엄마가 줄 수 있는 가장 소중한 사랑은 '돈'이었다.

<기억의 재구성 Ⅲ>

내 안의 여성성을 만나다

영웅이었던 아빠가 아이가 되어버리고 나서야 나는 엄마를 새로운 관점으로 바라보기 시작했다. 오빠나 아빠로부터 주어진 내 엄마에 대한 부정적인 시선들에서 벗어나.

엄마로서의 적절한 보살핌이 부족하고, 배우자로서 애교가 없다는 등의 여성적 매력이 부족하다는 평가는 지극히 남성 중심적인 평가였다. 여성인 나조차 남성의 시각에서 세상을 바라보며 나의 엄마를 평가절하 해온 것이었다. 엄마에 대한 평가절하가 내 순수한 여성으로서의 정체성을 흔들리게 하는 결과를 가져왔다.

아빠만이 나의 영웅으로 지금까지 계속되었다면 어쩌면 나는 내 안의 진정한 '여성'을 만나지 못했을 수도 있다. 동일시했던 지적인 아빠의 부재는 남성의 시각에서 빠져나와 여성의 시각으로 나를, 엄마를 바라보게 되는 기회를 제공해주었다. 비로소 여성으로의 시간 여행이 시작된 것이다.

나는 조금씩 내가 무엇을 좋아하는지 알게 되었다. 예쁜 것, 아름다운 것, 상냥함.

바지만 입던 내가 치마를 입기 시작했다.

여자들은 무조건 내 편이며 남자들만을 경쟁상대로 여겼던 마음이 무너지기 시작했다.

예쁜 여자들을 부러워하기도 하고 아빠가 아닌 현실의 남자들도 '괜찮다'라는 마음을 가지게 되었다.

숨겨둔 아니마와 하나 되다

'혜진'이라는 이름에는 아빠가 붙어 있었다.

증조할머니가 나오는 악몽을 함께 꾼 아빠와 나는 '혜진'이라는 이름의 끈으로 묶여 있었다. 내 정신의 공간도 '혜진'과 '석미'라는 공간으로 분리되어 있었다. 좌측 심장에는 석미가 살고 우측 심장에는 혜진이가 살고 있었다.

혜진이는 내 속의 아니마였고 석미는 겉으로 표현되는 아니무스였다.

우리가 사회적으로 보이는 성격, 페르소나를 가지고 외부 세계와 관계를 맺는 것처럼 우리의 내면세계에는 페르소나와 대조되는 태도와 자세, 성향이 생기게 되는데 이를 내적 인격이라 부른다. 아니마와 아니무스는 바로 이 내적 인격을 말하는데 보통은 남성의 무의식에는 여성적 인격이(아니마), 여성의 무의식에는 남성적 인격(아니무스)이 자리 잡고 있다.

내 경우에는 무의식적인 아니무스의 힘이 강해 겉으로 나와 버렸다. 반면, 여성적 인격인 아니마는 속으로 기어들어가 버려 오히려 비밀스러운 존재가 되어버렸다.

아니마는 혜진으로, 아니무스는 석미로 활동해왔다.

이제 나는 비밀의 영역에 존재하던 혜진이를 숨기지 않기로 했다. 지금부터는 나와 관계하는 사람들을 내가 혜진이임을 아는 사람과 알지 못하는 사람으로 나누지 않을 것이다. 나는 혜진이기도 하고 석미이기도 하다. 그러나 혜진이란 이름은 이제 쓰지 않을 것이다. 이름은 사라지지만 숨겨왔던 여성적 인격인 아니마를 충분히 사랑하고 쓰고 있으니, 이제야 비로소 혜진이를 진정 받아들인 것이다.

통합

아빠를 동일시하면서 아빠의 결핍된 욕망도 함께 흡수한 나는 청소년 시기에 모순된 가치를 지니고 있었다. 당시의 나는 여성스러움을 거부하면서도, 장래에는 현모양처가 되어 아이들을 직접 양육하고 남편을 내조할 것이라는 모순된 신념을 가지고 있었다.

엄마 역시 '약사'라는 직업을 가졌지만, 딸에게는 늘 "남편이 벌어다 주는 돈으로 편하게 살아라, 의대나 약대는 절대 가지 말고" 하신 걸 보면 공적으로나 사적으로나 엄마의 생활은 엄마가 전혀 원하지 않는 방향이었던 것 같다.

머린 머독은 자신의 저서 [아빠의 딸]에서 말했다. '아빠의 딸'들은 아빠에게 모든 것을 받은 듯하지만 실제로는 잃은 것도 있었음을 알게 되는 시기가 그녀가 잃어버린 것들(즉 엄마, 자아정체성, 성숙한 여성이 되는 일은 어떤 것일까를 궁금히 여기던 어릴 적 소녀의 꿈 등)을 곰곰이 되짚어 보는 사십 대부터라고.

내가 동일시했던 아빠와의 이별은 20대 초반에 왔기에 슬프지만 다행히 나는 내가 잃어버린 것들을 회복할 기회를 일찍 얻을 수 있었다.

엄마와의 관계회복뿐 아니라 여자로서의 공감대가 형성되면서 내 안의 여성성을 수용하게 되었다. 나는 전보다 더 부드러워졌고 아름다움을 추구하는 데 솔직해졌다.

나의 신체를 사랑하게 되었고 신체감각을 자연스럽게 느낄 수 있게 되었다.

여성으로서의 엄마를 존경하게 되었고 엄마의 희생에 감사하게 되었다.

아이러니한 것은 엄마의 말씀대로 의대나 약대는 가지 않았는데, 사람의 마음을 치유하는 심리상담사가 되었으니 뜻하지 않게 엄마와 비슷한 길을 가고 있다는 것이다.

내가 원하는 것을 억누르면서 주변 사람들의 눈치를 보며 마냥 착한 사람이 되고자 했더라면 대학원에 진학하여 심리학 공부를 계속하지 못했을 것이다. 내게 자유와 힘을 준 엄마의 격려와 지지가 지금의 나를 있게 해주었고 다치신 아빠와 보낸 우리 가족의 슬프고도 웃긴 경험들이 지금의 나를 있게 해주었다.

나는 아빠와 엄마 덕분에 내 가정과 일에 대한 균형을 맞출 줄 아는 사람이 되었다.

4부

:

이별

연결

  나는 가끔 아빠와 내가 강하게 연결되어 있다고 느끼곤
했다. 가장 강하게 연결되어 있다고 느꼈을 때가 아마도 고
등학교 2학년 때였을 것이다. 1학기 기말고사 마지막 날,
우리 집에서 밤새 함께 공부하자며 친구가 왔다. 밤이 깊어
지자 친구는 갑자기 사진첩을 보여달라고 했다. 잠이 와서
그러려니 했는데 사진첩을 넘기던 친구가 떨리는 목소리로
묻는다.

  "이 사람 누구니?"

  "증조할머닌데… 우리랑 같이 사셨어. 4학년 땐가 돌아가
셨는데 그때 아흔아홉 살이셨다."

  "이런 얘기해서 미안하기도 하고, 믿을지도 모르겠는데…

사실 너네 집에 들어왔을 때부터 느꼈어, 이상한 기운을. 솔직히 말하면 바로 사진 속의 사람이 보였어. 이 할머니 지금도 네 뒤에 서 있는 걸.”

“뭐? 무슨 소리 하는 거야? 할머니가 여기 있다고?”

“그래… 다행히 할머니가 너를 미워해서가 아니라 뭔가 할 말이 있으신가 봐. 우리 할머니를 위해 기도라도 드릴까? 좋은 곳으로 가시라고.”

친구의 말을 믿지 않을 수 없었다. 나는 그 당시 몇 달을 악몽에 시달리고 있었으니까.

커다란 호숫가가 있는 숲길을 걷고 있는데 목이 너무 말랐다. 간신히 당도한 우물에는 한 젊은 여인이 두레박으로 물을 길어 올리고 있었다. 여인이 건넨 두레박을 받아 마시려는데 물이 갑자기 피로 변한다. 두레박은 땅으로 떨어져 산산이 부서진다. 나는 묘한 웃음을 짓는 여인이 무서워 도망치기 시작한다. 여인이 웃으면서 쫓아오는데 점점 얼굴이 일그러지면서 세월을 받아 노파가 되고 해골이 된다. 나는 돌멩이를 주워 해골을 향해 던진다. 돌멩이는 내가 들어 올릴 땐 금이 되고 노파의 몸에 맞자 돌덩이가 된다. 으악~ 하면서 깬다.

이런 악몽에 시달리고 있었기에 친구의 말이 예사롭게 들리지 않았다.

아빠와 동시에 비명을 지르며 꿈에서 깨어나곤 했기에 친구 이야기를 듣고 꿈 이야기를 아빠에게 했더니 아빠 역시 나와 같은 꿈을 꾸고 있었다는 것이다.

세상엔 신기한 일이 많다지만 우리에게 이런 일이 일어날 줄 누가 알았으랴.

아빠는 그 숲길이 증조할머니를 모신 산소가 분명하다며 증조할머니 묫자리에 문제가 있는 것 같다고 했다. 알고 보니 증조할머니 묫자리가 옛날에 호수였었고 할머니 시신에 물이 차오르기 시작한 것이었다. 우리는 결국 증조할머니의 산소를 옮겼고 그 후로 악몽에 시달리지 않았다.

증조할머니의 산소를 이장하고 나서 나는 점점 건강해졌다. 증조할머니는 마지막으로 한 번 더 내 꿈에 나타나셨다. 8절지 크기의 종이봉투를 가슴에 고이 품고서 인자한 미소를 짓고 계셨다.

"석미야, 그동안 수고 많았다. 네 덕분에 나는 이제야 떠날 수 있게 되었구나. 이 편지에 네가 궁금해하는 모든 것들이 다 쓰여 있단다. 너는 건강하게 살게 될 거야" 하며 작별 인사를 하러 오셨단다.

편지를 받는 순간 꿈에게 깨어나 비밀을 알 수 없게 되었
지만, 알지 못하게 된 것이 오히려 나을 수도 있다는 생각
이 든다. 증조할머니의 말씀처럼 내 건강은 나날이 좋아져
서 고등학교를 졸업할 때에는 친구들보다 더더욱 건강한 상
태가 되었다.

아빠가 세상을 떠나시던 날, 병원에서 임종하실 것 같다
며 연락이 왔다는 소식을 듣고 놀라지 않았던 것도 아빠가
이미 내게 왔다 갔기 때문이었다. 그날 새벽 4시경 아빠가
내 곁에 오신 것을 느꼈다. 고통에서 벗어나 영혼이나마 자
유로이 움직일 수 있으니 그 모습이 보기 좋았다.

나쁜 피

아빠는 이제 악마가 된 것일까?
아니면 본래의 본성이었던 악마가 드러난 것일까?
자신을 드러내고 싶어서 죽지도 못하고 사람들을 괴롭히
는 것일까?
희번덕거리는 눈에 살기를 가득 띠고
신나서 휠체어를 타고 병실 복도를 돌아다니며
사람들을 못살게 군다.
악의 화신이라도 되어
악의 영웅이라도 된 듯한 이미지가 끊임없이 돌고 돈다.
꿈이구나…. 마치 본 듯 생생하다.

한때 아빠는 나쁜 피를 가졌다고 생각했다.
머리가 좋은 바람에 뇌가 터져 죽었다는 아빠의 큰아빠.
지적이지만 평생을 백수로 지내시던 아빠의 아빠. 아빠가
사고를 당하고 얼마 안 되어 돌아가셔서 아들의 상황이 죽
음을 부를 정도로 고통스러웠나 보다 여겼건만, 평생을 사
랑하던 애인이 갑자기 사망하자 그 충격에 할아버지도 시름
시름 앓다가 돌아가셨다는 충격적인 스토리.
노름과 치장, 음식에 욕심 부리다 결국 찹쌀떡이 목에 걸

려 돌아가신 할머니.

그리고 지금 요양병원을 두려움에 떨게 하는 아빠의 광기.

19년 초반부터 아빠의 상태가 극도로 나빠졌다. 눈에 초점이 지속되는 시간이 몇 분 안 되는 듯하다. 눈이 흐려지면서 중심을 잡지 못하고 옆으로 쓰러지신다. 결국 요양병원 신세를 지게 되었다.

하나 아빠가 누구인가?

기운만 나면 링거를 빼내고 침대에서 내려와 휠체어를 타고 복도를 씽씽 달리며 다른 환자들 음식을 훔쳐 먹기도 하여 싸움이 붙기도 했으니….

아빠에게 병원에서 취할 수 있는 방법은 안정제를 왕창 놓는 방법뿐, 그리고 묶어놓는 것뿐.

한번은 커피를 달라는 요청을 간호사가 거절하고 주사를 놓으려는 순간 간호사의 뺨을 무자비하게 후려쳤다고 한다. 그러고는 느슨해진 끈을 단숨에 당겨 끊어버리고는 주변의 물건을 다 던져버리고 부수는 등 난동을 피웠다고 한다.

아빠는 그 후로 손과 발이 단단히 묶여 더 이상은 꼼짝할 수 없게 되었다.

움직일 수 없는 등에는 욕창이 생기기 시작했다.

그래서일까?

대학 시절, 레오스 카락스의 영화 <나쁜 피>를 같이 본 그가 무심코 던진 말.

"넌 안나(쥘리에트 비노슈)를 이해하지? 넌 충분히 이해할 것 같아."

난 아무 말도 없이 그를 바라보았다.

'내가? 아니, 전혀 이해하지 못해! 그런데 그에게 비치는 내 이미지는 안나구나. 그렇구나.'

(안나는 자신의 남자 친구의 아빠와 바람을 피운다)

그때 내 몸에 흐르고 있다고 생각한 나쁜 피가 한 번 더 강하게 느껴졌다.

그러곤 이 사람은 곧 나를 떠나겠구나 생각했다.

내가 아무리 숨겨도 드러날 수밖에 없는 악, 바로 나쁜 피를 지닌 나.

그래서 더욱 착하게 살려고 노력했다.

내면의 악마가 튀어나오지 못하도록 나를 꽁꽁 지켜내야 했기에.

아빠의 혀는 뱀의 혀가 되었다.

물을 포함한 음식물을 삼키지 못한 지

삼 개월이 훨씬 지나자

혀가 쫙쫙 갈라져 날름거리는 뱀의 혀처럼 되었다.
그 혀조차 점점 수분이 없어져서
나뭇가지로 만든 뱀 혀가 되었다.
아빠의 혀를 촉촉하게 할 수만 있다면 얼마나 좋을까?
나는 밤에 몰래 병실에 들어가 아빠가 죽든지 말든지
물이나 실컷 마시게 하고 싶었다.
아빠의 거침없는 욕설과 분노도
그 단단했던 신체가 앙상해지면서,
혀조차 말라비틀어지며
아빠로부터 빠져나와 훨훨 날아올라
사그라졌으리라.

과연 아빠와 나를 이어주고 있었던 것이 '나쁜 피'였을
까? 아빠가 내 생의 초기에 내게 주었던 극한의 선함은 결
코 거짓이 아니었다. '나쁜 피'는 존재하지 않았다. 선과
악을 다 갖고 있는 보통 인간의 피를 우리도 가졌을 뿐.

아빠, 너무 착하게만 살면 안 되었어요.
그러니까 여기저기 당하기만 하고
결국 억울해서 분노의 화신이 되었잖아요.
그래도 여한 없이 나쁜 사람이 되어

별의별 못된 짓 다 하고 가니 되었어요.

이제야 그냥 보통 사람이 된 거예요.

욕하고 화내도 돼요.

잔인한 사월

목련꽃 그늘 아래서
베르테르의 편질 읽노라
구름 꽃 피는 언덕에서 피리를 부노라
아— 멀리 떠나와
이름 없는 항구에서 배를 타노라
돌아온 사월은 생명의 등불을 밝혀든다
빛나는 꿈의 계절아
눈물 없는 무지개 계절아
목련꽃 그늘 아래서
긴 사연의 편질 쓰노라
클로버 피는 언덕에서 휘파람 부노라
아— 멀리 떠나와
깊은 산골 나무 아래서 별을 보노라
돌아온 사월은 생명의 등불을 밝혀든다
빛나는 꿈의 계절아
눈물 없는 무지개 계절아

- 사월의 노래 -

"석미야, 내가 용한 점쟁이에게 점을 봤는데 아빠 올해는 못 넘긴다더라. 5,6,7월이 위험하대."

"에이… 생년월일만 알고 어찌 알아. 아빠 상태면 그런 말 누구나 하지. 2월부터 아무것도 못 드시는데 그런 말 누가 못 해. 나도 하겠다. 지금이 4월이니까 5,6,7월 위험한 건 당연한 거 아냐?"

"아니야, 이번엔 진짜인 것 같아."

"진짜였으면 좋겠어. 너무 고통스러워하시잖아."

"내가 약국만 안 하면 그냥 집에 데려와서 호흡기 떼버리고 먹을 것 다 주고 싶어."

"드시면 바로 돌아가신다는데… 그래도 아빠 힘들어하는 것 보면 그게 나을 것 같기도 해."

요양병원에서는 위급상황이라 언제든 부르면 달려올 수 있게 준비를 하라고 했다. 달려가면 119를 불러 큰 병원으로 옮겨 생명을 살려놓고 다시 요양병원으로 돌아가는 것이 반복되었다.

밤이고 새벽이고 위급하다고 몇 번 다녀온 후로는 오빠에게 부를 때 차라리 가지 말라고도 했다.

오빠는 "새벽에 전화가 와서 '지금 옮기지 않으면 돌아가십니다'라는 말을 듣고 어떻게 그냥 두냐. 그건 살인행위인데. 너라면 그렇게 할 수 있겠어? 말로야 쉽지만 막상 그런 상황이 되면 못 그런다" 했다.

우리는 아빠의 임종을 보지 못했다.

병원에서부터 돌아가실 것 같다는 연락을 받고 병원으로 가는 중 아빠가 세상을 떠났기 때문이다. 엄마는 "아주 잘 났어. 죽을 때도 혼자 죽는구먼. 다들 모였을 때 죽었으면 얼마나 좋아. 아무도 없을 때 혼자 가니 좋아?" 하신다.

정말 다 모였었다.

아빠가 이십몇 년 전 사고를 당해서 병원에서 사람들 부르라고 했을 때가 첫 번째였다.

그리고 19년도 6월에 모든 친척들이 두 번째로 모였다.

나도 치료 포기각서에 서명을 해야 한다기에 급히 올라갔다. 치료를 포기한다는 각서는 직계가족은 모두 해야 한단다.

사람의 생명력이란 어찌나 질긴가.

맥박 30, 체내산소량 70, 콩팥, 폐 기능 10% 미만으로 위독상태였다.

투석을 비롯한 치료를 당장 하지 않으면 24시간 넘기기 힘듦.

우리는 "너무 오랫동안 아파 오셔서 미련이 없습니다. 연명치료를 하지 않겠습니다"라고 했다.

나는 혹시라도 마지막 유언이 있을지도 모르니 호흡기를 떼면 안 될까요?라고 요청했다.

의사는 "의식이 없는 상태라 대화가 불가능하기 때문에 의미가 없습니다"라고 단호히 거절했다.

아무 말도 없이 가시는구나.

치료를 포기한 지 24시간 이상이 흘렀다.

의사가 고개를 갸우뚱거리며 우리를 불렀다.

"아버님이 원래 어떤 분이셨어요? 너무 놀랍네요. 이런 분 처음 봤어요. 엄청난 의지력을 지니신 것 같아요. 보통 분이 아니세요. 어제부터 의식이 아예 없었는데, 조금 전 의식이 돌아왔어요. 어차피 회복은 불가능하고 가족분들이 원하니까 임종을 가족분들과 함께 맞이할 수 있도록 해보죠. 단, 비어 있는 1인실이 있어야 가능하니까 확인해서 빈 방이 있으면 바로 연락을 드릴게요. 호흡기 떼면 1시간 이상 버티지 못할 테니 병실로 옮긴 다음 호흡기는 떼어내도록 할게요."

다행히 비어 있던 1인실이 있어서 마지막 한 시간이 우리에게 주어졌다.

호흡기를 떼자 아빠는 심지어 말을 하시기 시작했다.

대부분이 헛소리였지만 아주 가끔씩 대화가 되기도 하여 모두가 짧게라도 돌아가며 이야기를 했다. 3주 전, 의식이 있어도 딸을 알아보지 못하더니 이제 와서는 알아보시기도 한다.

자꾸만 '미안하다'고 한다.

아니요. 미안하지 않아요.

1시간도 넘기지 못하신다더니 밤을 넘기셨다.

인위적인 처치가 아닌 본인의 의지만으로 버티고 계시는 것이란다.

가재에 물을 묻혀 입술을 적셔드릴 때에도

물이라도 주는 줄 알고 나뭇가지 같은 혀를 길게 빼내어

받아 마시려는 모습이 슬프기도 웃기기도 했다.

마른 나뭇가지가 움직이는 것 같아 섬뜩하기도 했다.

온종일 묶여서 꼼짝할 수 없는 신체.

엉덩이가 욕창으로 썩어 가는데도

옆으로 드러누울 수도 없는 이것이 인생이란 말인가?

사지를 내 맘대로 할 수 없는데

소변 줄을 꽂아놓아도 소변을 참고 계시며

이불을 바지인 줄 알고 끌어내리는 모습….

떠올리기만 하면 아픔이 된다.

화 한번 낼 줄 모르던 천사가
지식인 중의 지식인이
철부지 아기가 되어
돌봄을 받는 만큼 구박도 받더니
마지막을
이렇게 고통스럽게 가시나.

한없이 가여워 견딜 수가 없었다.
한밤중에 몰래 잠입해
몇 개월을 묶여 멍이 시퍼렇게 든 손목을 풀어드리고
시원한 물 한 컵을 드리고 싶었다.
그 순간 목숨이 사라져도….
그렇게 하고 싶었다.

마지막 작별 인사

19년도 6월 몇 시간 이내 돌아가실 거라는 의사의 예언을 깡그리 뒤집어버린 아빠의 의지력에 친척들은 모두 집으로 돌아가고 오빠도 좀 쉬어야 했기에 집에 다녀오라고 했다.

한 번 더 아빠와 나, 단 둘만의 시간이 3시간 정도 주어졌다. 차마 하지 못했던 사랑한다는 말 간신히 하고는 예전 생각이 많이 났다. 아빠와 둘이 보내던 20대의 시간들. 중환자 대기실에서 보내던 길고 길던 긴장의 순간들.

의식이 오락가락하는 아빠를 마냥 바라보다가

"아빠~ 지금 가장 하고 싶은 게 뭐예요?" 기대도 없이 여쭈어봤다.

그런데 대답을 하시네!

"석미야, 광양에 가장 가고 싶어."

아빠가 광양에 온 것은 다치시고 나서의 기억일 텐데 아직도 기억을 하시는구나. 지점장 때까지의 기억만 하시고 다치고 난 후의 일들은 전혀 기억을 못 하시던데… 마지막 선물을 주시는구나. 너무나 정확하게 말씀하셔서 정말 놀랐다.

나의 바람이 하늘에 닿기라도 한 걸까?

한 번만이라도 내 이름을 부르는 아빠의 목소리를 듣고

싶다는 이기적인 바람.

그런데 세상에…

눈을 맞추시면서 끄덕끄덕…

미안하다. 다 안다.

두 번씩이나

"광양에 가장 가고 싶어"라고 하셨다.

그러곤 엄마를 찾으셨다.

"네 엄마 좀 불러줘~ 보고 싶어."

마지막 말이었다. 결국 당신의 마지막 연인은 당연히 엄마였다.

이 세상을 실제로 떠나시던 날,

아빠의 혼은 새벽녘 광양까지 다녀가셨고

아빠의 목소리로 나눈 마지막 작별 인사는 따사로운 6월 내 생일에 했다.

아빠의 진짜 연인

나는 엄마에게 사랑한다고 말한 적이 없었다. 엄마도 내게 사랑하다고 말한 적이 없었다.

우리 모녀에게는 내가 기억하는 한 스킨십이 없었다. 걸을 때에도 손을 잡거나 팔짱을 끼고 걷기는커녕 앞서거니 뒤서거니 했다.

19년 봄, 아빠가 세상을 뜰 날만을 기다리고 있는 엄마는 아빠보다 더 이 세상 사람이 아닌 듯했다. 나는 엄마가 내 말을 듣지 못하기 전에 적어도 한 번은 '사랑한다'고 직접 말하고 싶었다. 사랑한다는 말을 들었을 때의 엄마 반응을 예상해보기도 했다.

"왜 이래, 갑자기. 닭살 돋게"라고 하지 않을까?

얼굴을 맞대고는 도저히 말할 자신이 없어서 전화를 걸었다.

따르릉~

"여보세요."

"엄마, 나야… 음… 할 말이 있는데."

"응."

"엄마, 사랑해~."

혹시 엄마가 당황해서 전화를 끊어버리는 것은 아닐까?

"나도~ 사랑해."

전혀 예상치 못한 반응에 눈물부터 왈칵 나왔다.

"엄마, 아프지 말고 오래 살아."

"말 안 해도 다 네 마음 알아."

눈물이 줄줄 흘렀다. 철저하게 외로웠을 한 여자가 내게 다가왔다. 내 나이 즈음이었구나. 아빠가 사고가 났을 때 엄마의 나이가. 당시 엄마가 이토록 젊은 나이였는지 몰랐다.

그 오랜 시간을 엄마는 어떻게 견디셨을까? 오빠와 나를 위해, 아기가 된 남편을 위해?

165cm의 키에 테니스로 다져진 건강한 엄마가 마르고 꼬부라져, "쪼마니", "못난이"라고 불렀던 딸보다 작아진 그 세월 동안 얼마나 힘드셨을까?

'사랑해'라는 고백으로 용기가 생긴 나는 그 후, 엄마를 볼 때마다 안아드렸다. 내 손길에도 움찔하는 엄마의 등이 오랜 시간 고독했음을 증명하는 듯했다.

엄마는 약국을 하시면서도 오빠와 나에게 모유 수유를 하셨단다. 내가 유치원에 다닐 때쯤 약국할머니가 오시게 되면서 엄마와 함께 있는 시간이 확 줄게 되고 서서히 엄마의 품속을 떠난 것이 아니었을까? 그전까지는 약국 조제실에 붙어 있는 작은 방에서 기다리고 있다가 시간만 되면 쪼르르 나와 엄마에게 부비며 안겨 있지 않았을까? 젊은 엄마는 그 당시 딸을 수없이 안아주고 뽀뽀해주며 '사랑해~'라고 말했을지도 모른다.

홀쩍 자라서 뻣뻣해진 딸과 보이지 않는 벽이 생겼지만 로맨티스트 남편이 있었기에 괜찮았을 것이다. 아빠가 다치기 전에는.

"엄마, 물어볼 게 하나 있는데… 혹시, 아빠가 사고 나던 날 전화했던 카페 주인 여자 알아?"

엄마는 아무 일도 아니라는 듯 웃으며

"알지, 그 여자."

"정말? 그럼 아빠가 바람이라도 피운 거야?"

"글쎄다. 아빠는 절대, 아니라고 아니라고 했는데 나도 모르지. 유명했다, 그 여자가 아빠 따라다닌 거. 친구가 알려주더라고. 그 여자가 원주에서부터 서울까지 계속 아빠 따라다녔다더라. 그래서 네가 초등학교 땐가? 아빠한데 이혼하자고도 했어. 근데 아니라는 거야. 자기는 나뿐이 없다고. 그 여자 아무리 해도 떨어지지 않는데 어떡하겠냐고. 무릎을 꿇고 싹싹 빌면서 우는데 맘이 약해지더라고. 너네도 있고 하여 그냥 살았지. 아빠로서도 어쩔 수 없었을 거야."

"알고 있었구나…. 엄마, 난 아무래도 아빠 사고 난 거… 그 여자가 수상해. 근데 찾을 수도 없고… 정말 세상은 이해할 수 없는 게 너무 많아."

그 여자는 엄마의 경쟁상대가 되지 못했다.

아빠의 진정한 연인은 그 여자도, 나도 아닌 엄마였으니까.

아빠의 아들

"오빠는 아빠랑 언제가 가장 좋았어?"

"없는데…."

아빠가 다시 기적적으로 의식을 회복하여 요양병원으로 옮겨지기로 결정을 하고 나를 공항으로 데려다주는 차 안에서였다.

"왜 다치고 나서야 없지만 그전에는 많았잖아, 아빠랑 많이 놀러 다녔는데?"

"그래? 나는 기억이 안 나, 좋았던 적이 한 번도 없었던 것 같아. 기억이 없어."

"슬픈 얘기네… 그럼 그런 아빠를 지금까지 돌봐야 했으니 아빠가 밉겠다."

"밉긴… 불쌍한 양반이지."

"나 같으면 좋은 아빠도 아니었는데 미울 것 같은데."

"처음에야 그랬을 수도 있겠지. 그런데 지금은 아니야. 너무 불쌍해. 지금 내 나이에 다치셔서 몇 년이냐? 벌써. 반평생을 아무런 기쁨도 모르고 사셨는데, 무슨 낙으로 사셨을까."

나는 정말이지 오빠가 아빠를 미워하는 줄 알았다.

"한번은 아빠가 화장실에 간 지 한참 돼도 안 나오시는 거야. 가보니 일을 보시고는 욕조로 넘어지셨는지 욕조에 몸이 꽉 끼어서 못 나오고 계시더라고. 아무리 꺼내려고 해도 내 힘이 부족한 거야. 할 수 없이 결국은 119를 불러서 꺼냈는데, 내가 하고 싶어도 할 수 없는 일들이 너무 많아서 그게 너무 슬프더라고. 아빠는 욕조에 껴 꺼내달라고 나만 바라보고 있는데 나는 화장실 바닥에 철퍼덕 앉아서 꺼이꺼이 울었다. 불쌍한 양반 하면서…."

그랬구나….

오빠에게 아빠는 현실이었다. 몇 년간 아빠의 보호자였던 나는 일도 하고 결혼도 하면서 집을 떠나왔고 내가 하던 일을 오빠가 하게 되었다. 내게는 호로록 떠오르는 아빠의 모습이 예전의 멋진 모습이지만, 오빠에게는 어른으로서의 아빠가 사라졌던 것이다.

잊힌 건지 아예 아빠의 존재감이 없었던 건지 모르지만 오빠에게 아빠는 매일 마주치는 아픔의 연속이었다. 멋진 아빠를 추억으로 기억하는 건 오빠에겐 사치였던 것이다.

그럼에도 "불쌍하지…" 하는 오빠에게 너무 미안하고 고마웠다.

멋진 아빠를 혼자만 추억하는 사치를 누렸던 나는 그저

미안해서 딴 주제로 이야기를 돌렸다.

그동안 누구보다도 많이 힘들었을 오빠. 그런 힘듦이 우울하게 나타나면 자존심 상할까 봐 다소 거칠게, 버럭 하며 대충 넘어가려 했을 오빠가 눈에 선하다.

아빠의 장례식에는 반가운 오빠 친구들이 많이 왔다.
오빠 친구들은 아빠에 대한 좋은 추억을 오빠보다 많이 가지고 있었다. 아들이 잊고 있었던 아빠와의 재미난 기억들을 함께 가지고 왔다. 오빠의 마음에도 언젠가는 즐거웠던 아빠와의 추억들이 공간을 차지하기를 바란다. 아들뿐 아니라 아들의 친구들에게도 살갑고 재밌었던 아빠를 잊지 않았으면 좋겠다.
오빠, 고마워.

쉽게 보내드릴 수 없네

사람들은 말했다.

그만큼 모든 가족이 할 만큼 다했으니

편하게 보내드리라고.

맞아요. 그러니까 연명치료 포기각서를 썼지요.

그런데 나의 아빠를 어찌 쉽게 보내드릴까요.

아빠인데 … 딸인 내가 어찌 아프지 않고

가벼이 보내드릴까요?

아빠 또한 어찌 쉽게 삶을 놓을 수 있을까요?

아빠는 무엇에 집착하는 걸까요?

그저 삶아 있음?

모든 사람과의 관계?

혹시, 아빠와의 약속을 내가 지키지 못해서?

쉽사리 삶을 내려놓지 못하나… 하는 별별 생각이 들었다.

아빠 인생의 이야기. 아빠의 이야기를 쓰려면 아빠가 친했던 사람들을 만나봐야 한다. 아빠가 도와주었던 많은 사람들, 아빠를 사랑했던 사람들, 아빠가 사랑했던 사람들을. 내가 모르는 아빠의 이야기들을 다 듣고 쓰고 싶었다. 아빠의 친구분들이 한 분씩 돌아가시기 전에 한 번이라도 찾아

뵙고, 이야기를 듣고 싶어 조바심이 났다. 내가 이상해지는 것일까? 아빠는, 얼마 전만 해도 모두가 죽기를 바라는 남자에서 또다시 기적을 일으켜 주길 바라는 남자가 되었다. 특히나 아내로부터….

"올해 안에는 드디어 죽는단다" 하시던 엄마는 어느새 다시 "저렇게라도 2년만 살아주면 좋겠다" 하셨다. 아빠가 돌아가시면 엄마가 살아가실 수 있을까?

아빠를 쉽게 보내드리지 못하는 집착이 내게는 눈으로 나타났다.

알레르기성 림프성 물집이라나?

첨 들어보는 이 물집은 피곤하거나 감기에 걸리거나, 면역력이 떨어지면 생긴단다. 터뜨려서 물집을 일시적으로 없앨 순 있지만 다시 생긴단다. 고질병이 생긴 듯하다. 물집을 터뜨렸으나 이틀 만에 다시 물집이 생겼다. 물집은 몇 달간 지속됐다.

아빠는 딸에게 잊을 수 없는 이 시간들을 강렬하게 새겨 주고 싶으셨던 걸까?

2019년의 봄과 여름.

눈에 생긴 막으로 인해 잘 보이지 않는 세계.

멍한 정신 상태 같은 눈 상태.

내가 늘 의지하고 좋아하는 은사님이 말씀하셨다.

아버님이 의식이 없다고 해도 그렇지 않아.

무의식적으로도 다 듣고 계셔.

아버님 계신 데서 농담으로라도 안 좋은 말 하면 안 돼.

마지막 가시는 길에 정말 상처가 될 거야.

다 들으시니까 귀에 대고 사랑한다고 계속 말씀드리고.

아버님이 세상일에 대한 정리가 안 되셔서 그러는 거니까.

본인이 이 세상에서 할 일이 아직 남아 있다고

무의적으로 느끼시는 거야.

누군가 아버님을 진정 마음에서부터

놓아드리지 않아서일 수도 있고.

엄마일까? 아니면 너일까?

엄마에게도 부탁드려 봐.

아버님께 좋은 말씀만 하시고

당신이 할 일을 다 잘해주어서 이제 안심하고

떠나도 좋다고. 편안하게 좋은 곳으로 가라고.

사랑한다고 계속 말씀드리라고.

장례식

"정말 잘났어, 당신은 늘 혼자였어. 평생을 외롭게 살더니, 참 잘났어. 죽어서까지 잘난 척하느라 맨 꼭대기에 혼자 있네, 불쌍한 양반." 아빠의 유골이 담긴 도자기가 텅 빈 방 가장 높은 곳에 첫 번째로 놓였을 때, 엄마가 말씀하셨다.

장례식 내내 다른 가족들의 눈물을 나 혼자 다 흘려주려는 듯, 눈물이 목 줄기를 타고 바닥까지 흘러내렸다. 관 속에 예쁜 소년처럼 누워 있는 아빠의 얼굴은 나의 영웅이었을 때의 얼굴이었다.

24년간의 찌그러진 표정에서 벗어나, 반년 이상을 물 한 모금 마시지 못해 고통스러운 나무 혀를 지닌 상황에서 벗어나, 한없이 편안한 아이 같은 얼굴이었다.

아빠를 마지막으로 만졌다. 머리끝에서 발끝까지. 귀에 대고 이별을 고했다.

"사랑하는 아빠, 이제 편히 쉬세요."

'나도 사랑한다. 엄마랑 오빠랑 우리 딸, 그동안 고생했다. 나는 이제 편안히 간다'라고 속삭이는 것 같았다. 싸늘한 시체가 아닌 따스한 피가 흐르는 것만 같았다.

아빠는 마지막 인사마저 재밌게 하고 싶으셨나 보다.

관을 지정된 방으로 집어넣고 버튼을 누르면 문이 닫히고 나서 화장이 시작되는데, 아빠의 관이 방으로 들어가고 버튼을 눌렀지만 문이 닫히지 않았다. 당황한 담당자는 몇 번이고 버튼을 누르다가 결국은 몇몇 사람을 불러 강제로 문을 닫았다.

우리는 순간 말도 안 되는 생각을 했다.

설…마… 저 관 속에 살아계신 것 아니겠지?

한 줌 재가 되어 나온 아빠의 색깔은

티 없이 예쁜 하얀 색이었다.

아빠는 재마저 예쁜 사람이었다.

아빠, 당신은 이제 이 세계에는 하얀 재를 남기고

영혼은 바람처럼 자유롭게 여행하다

가끔은 우리 곁에 머물기도 하겠지요.

엄마가 말씀하셨다.

"그래도 니 아빠는 복이 많은 사람이다. 죽을 때까지 버림받지 않고 와이프랑 자식들에게 둘러싸여 있다가 죽었잖아? 나 죽을 때 아빠는 없을 텐데… 평생을 외로운 사람인 줄 알았더니 외롭지 않았을 것 같아, 이제 보니까. 복이 많은 착한 사람이었다."

아빠의 진정한 연인, 엄마는 오직 한 사람을 사랑한 아름다운 여인으로 언젠가 생을 마감하고 아빠와 영원히 하나가 될 것이다.

그리고 아빠의 딸은 오래도록, 아빠에 대해 이야기 할 것이다.

<기억의 재구성 Ⅳ>

온전한 사람이 되고 싶다

칼 융은 "나는 선한(good) 사람이 되기보다는 온전한
(whole) 사람이 되고 싶다"라고 말했다.

선을 행하면 내 안에 있는 어두움이 사라질 것이라 여겨
기를 쓰고 착한 아이가 되려고 노력했었다. 그러나 어두움
은 빛으로 사라지는 것이 아니었다. 빛을 밝힐수록 어두움
또한 확대되듯이 착한 사람이 되려고 노력할수록 내 안의
악함이 잘 보였다.

아빠를 최고의 선한 사람으로 이상화하여 아빠를 동일시
하면서 선한 사람이고자 했던 나는 참으로 거만했었다. 다
른 사람들의 잘못된 행동이나 욕심을 보면 과하게 격분하면
서도 그들을 이해하고 용서하고자 했다. 그 용서는 진정한
용서가 아닌, 나의 정신이 사람들보다 우위에 있다는 것을
증명하고자 하는 노력이었다는 것을 알게 되었다. 사람들에
게 관대했던 내가 자신에게는 누구보다도 엄격한 잣대를 들
이대면서 끊임없이 나를 비판하고 죄책감을 갖게 했던 것이

다. 나의 그림자, 잘못된 행동을 하기도 하고 욕심도 부리는 보통의 사람임을 받아들이고 나니까 오히려 좋은 사람이 된 것 같다. 여기서 좋은 사람이란 자연스러운 사람이다. 너무 억지로 생각을 꾸미지 않고 '반드시~해야 된다'라는 강박적인 관념에서 벗어난 사람.

이상화된 아빠와 반대된 모습, 나와 아빠의 그림자를 자연스레 마음에 담으니 참으로 자연스러운 내가 태어났다. 아빠의 온전한 모습을 통해 사람들을 감히 좋은 사람과 나쁜 사람들로 가르지 않는 겸손함을 배웠다. 자연에 일어나는 일 중, 어느 것 하나 의미가 없는 일은 없으며 현재의 그릇이나 가치로 감히 현상을 평가할 수 없다는 내려놓음도 배웠다.

이제 더 이상 나의 그림자는 울고 있지 않다.

내 마음속에서

이제는

혜진이와 석미가 하나가 되고

아니마와 아니무스가 하나가 되고,

아빠와 엄마가 하나가 된다.

아빠의 유산 Ⅰ

난 아빠의 딸.

지금의 나는 괜찮은 걸까?
내가 소녀였을 때,
당신이 내게 주신
따스함.
호기심.
동경.
설렘.
내게 고스란히 남아 있을까?

내게 나쁜 피가 흐른다고 생각해서
괴로워했던 적이 있었다.
언제 어떻게 나쁜 악마가 튀어나와
사악해질까 봐 괴로웠던 적이 있었다.
하지만 아빠에게 나쁜 피는 흐르지 않았다.
보통 인간의 순수한 피였다.
그러니 이제는 바꿔 생각한다.
나는 강한 의지력과 약간의 선함과 관용적인 마음을
아빠로부터 유산으로 받았다.

99% 망가진 뇌를 가지고도
24년을 버티고 하늘로 가신 아빠는 강인한 사람이었다.
나는 정상적인 뇌를 가지고도
자주 의지박약한 채 살곤 했으니 부끄럽다.

어른이 된다는 건
아이 같은 마음을 갖되
누굴 함부로 판단하는 자만심을 내려놓고
나의 과오를 인정하고 너그러이 용서하는 것이 아닐까 싶다.

아빠가 내게 주신 또 하나의 유산
아이와 같은 어른.
어른이지만 아이의 순수함을 잃어버리지 않고
이 세상 재미나는 일 없나 두리번거리는 호기심.

내 안에 살고 있는 지적인 아빠와
본능에 충실한 동물적인 아빠를
모두 사랑합니다.

안녕, 내 첫사랑 김 지점장.

아빠의 유산 II

초등학교 2~3학년쯤, 장래의 꿈을 발표하는 수업시간이었다.

여기저기 손을 들면서 대답한다. 대통령이요, 과학자요, 발레리나요, 축구선수요, 선생님이요….

부끄럼쟁이였던 나는 발표를 자발적으로 한 적이 없었다.

선생님은 가만히 있는 나를 발견하시고는 "석미는 뭐가 되고 싶어?" 물으셨다.

"죽을 때 웃을 수 있는 사람이요."

아이들은 웃었지만 선생님은 진지하게 날 바라보셨다.

"그게 무슨 뜻이야?"

"음… 죽을 때 웃을 수 있는 사람이라면 후회 없는 삶을 살았을 테니까요."

내게는 아직까지 이 꿈이 유효하다.

왜인지는 모르지만 어릴 적부터 죽음에 대해 많이 생각했던 것 같다. 죽는다는 것의 실체를 잘 몰라서 그랬을지도 모른다. 삶과 죽음을 비슷한 것이라고 여겼었다.

아빠가 하루에도 몇 번씩 생사를 오갈 때에도 엄마보다, 오빠보다 침착했던 것은 죽음에 대한 현실적인 감각이 적어서였던 것 같다.

고2 때 몸은 살아 있었지만 호적상으로는 죽어 있었던 경험이 한 몫 더했을까?

내가 생각하는 죽음은 아름답고 우아해야 했다. 생을 돌이켜보며 희미한 미소를 머금고 천상병 시인처럼, 아름다운 이 세상 소풍을 끝내고 하늘로 돌아가 아름다웠더라고 말하는 것이 내가 생각하던 죽음이었다.

아빠처럼 자신의 의지와 상관없이 팔다리가 묶인 채로, 물 한 모금 마시지 못하고 말 한마디 할 수 없다가 아무도 예측하지 못하는 순간에 홀로 세상을 떠나는 것이 아니었다. 천상병 시인처럼 멋들어지게 한마디 하시지는 않더라도 최소한 유언이라도 했어야 되는 것이 아닌가?

죽음은 바람처럼 왔다가 간다.
손에 잡히지 않고
내 의지에는 아랑곳없이
볼에, 머리카락에 스치는 듯하더니
숨 한 번 들이켜는 순간 사라져버린다.
생명이. 죽음이.
뒤엉켜 흩어진다.

바람 속에, 내 가슴에, 내 온몸에.

이것이 유언이었구나.

사람은 누구든지 자연의 흐름을 따라간다.

내게 남아 있는 아빠의 흔적.

다시는 만질 수 없지만

영원히 지워지지 않을 아빠의 흔적.

그 흔적이 바로 아빠의 유산이었다.

*** 내가 죽였을까?

지금 그 사람 이름은 잊었지만
그 눈동자 입술은
내 가슴에 있네
바람이 불고 비가 올 때도
나는 저 유리창 밖
가로등 그늘의 밤을
잊지 못하지
사랑은 가도 옛날은 남는 것
여름날의 호숫가 가을의 공원
그 벤치 위에 나뭇잎은 떨어지고
나뭇잎은 흙이 되고
나뭇잎에 덮여서
우리들 사랑이 사라진다 해도
내 서늘한 가슴에 있네
사랑은 가도 옛날은 남는 것
여름날의 호숫가 가을의 공원
그 벤치 위에 나뭇잎은 떨어지고
나뭇잎은 흙이 되고
나뭇잎에 덮여서
우리들 사랑이 사라진다 해도
내 서늘한 가슴에 있네

- 박인환, 세월이 가면 -

이것이 정녕 내가 원하던 것이었을까?

처음엔 그저 당신의 곁에 머무는 것만으로도 행복에 벅찼었어요.

공식적인 낮의 세계에 나는 당당히 나서지 못하지만
당신이 진정 사랑하는 사람은 당연히 나일 것이라고 생각했어요.

내게 직접 사랑한다는 말을 한 적이 없어도
아무리 바빠도
한 달에 한 번은 내게 와서 정답게 말을 하는 당신에게서 난 확신을 느꼈어요.

난 당신에게 바라는 것이 없었어요.
내가 이미 당신에게 빠져 있어서 당신의 존재만으로도 이 세상을 사랑했으니까요.

나는 당신의 그림자.
아무것도 바라지 않아.
당신이 가는 곳마다 따라다녔지요.
당신이 이제 그만 날 떠나라 소리치며 매정하게 굴어도
거짓이라 믿었어요.
그러다 보니 나도 나이를 먹어 마흔이 넘어버렸네요.
탄탄하고 아름다웠던 육체가 제 영혼마저 흔들어버리니
당신께도 바라는 것이 생겨버렸답니다.

당신이 사랑하던 딸, 첫 생리를 한다며 무슨 선물을 해야 하나 고민하던 상기된 얼굴이 아직도 생생합니다. 당신의 딸은 나의 딸이기도 했기에 저도 덩달아 감격해서는 고심해서 예쁜 속옷을 사 줬었지요. 당신은 내게 한 번도 선물을 한 적이 없었어요.

당신은 나를 진정으로 사랑한 적이 한 번도 없었어요.

그래서 나는 당신이 스스로 내게 준 적이 없는 선물을 받아야겠다 마음먹었어요.

적지 않은 땅을 팔 거라고 내게 말해주었죠.

그리고 그날 내게 와서 땅을 팔아 돈을 받았다고 했네요.

난 당신에게 기회를 주고 싶었어요.

"나를 사랑한 적이 있나요?"

당신은 머뭇거렸어요. 아무런 말도 없었지요.

그럴 줄 알았어요. 거짓말은 못 하는 사람이니까.

그런 당신을 좋아한 내가 그날은 너무 화가 났어요.

연락을 했지요.

"밖에서 기다리고 있다가 내가 전화하고 나서 바로 나가는 사람에게서 지갑을 훔쳐!"

그런데 '퍽' 소리가 나는 거예요.

나가 보니 당신이 계단 중간에 쓰러져 있었어요.

사모님에게 전화를 걸었어요.

신기하게도 저를 아는 것 같았어요. 얘기를 듣지도 않고 끊어버리더군요.

할 수 없이 혜진이에게 전화를 걸어서
꿈에도 그리던 딸을 만났어요.
그리고 나는 영원히 당신의 세계에서 사라졌어요.

마치는 글

아빠는 책을 지독하게 사랑하셨다. 아빠가 거쳐 간 은행 지점에는 작은 도서관이 생길 정도로 책벌레였다. 언젠가는 꼭 책을 한 권 내겠다고 하셨다. 술이 많이 취하셔서 내게 하소연을 할 때면 늘 부탁을 하셨다. "만약에 말이야. 내가 글을 못 쓰게 되면 네가 대신 써줘. '김 지점장'이라는 제목으로."

지금껏 쓴 글, 어디까지가 사실인지 모른다. 어리고 젊었던 시절, 내 생각의 범위가 좁았을뿐더러 살기 위해 현실을 왜곡하기도 하며 때로는 상상이 현실을 지배하기도 했다. 상상과 현실의 경계가 희미했다. 그래서 이 글은 분명 논픽션이지만 어딘가는 픽션일 수도 있다. 한 가지, 선뜻 말할 수 있는 건 둘 다 나의 경험이기에 진실에 가깝다는 것.

아빠만큼은 아닐지라도 나 역시 책을 사랑한다. 내 삶의 고비마다 항상 책이 함께했다. 내 최고의 스승이자 친구인 책을 쓰는 과정을 통해 아빠와 조금은 특별한 이별을 했다. 아빠와

연결되어 있는 수많은 기억들을 하나씩 꺼내 느껴보고 떠나보
내는 과정에서 아픈 기억들이 아름다운 기억으로 변화되기도
했다.

　나의 아빠가 없었더라면 지금의 나는 다른 나였을 것이다.
철부지에 한없이 교만했던 내가 하루에도 천국과 지옥을 오갔
던 중환자 대기실에서 겸손을 배웠고 정신병동에서 누구보다
도 순수하고 연약한 마음을 지닌 환자들과 생활하면서 사람들
각각이 지니고 있는 아름다운 소우주를 알게 되었다. 그래서
다행히 지금 나는 사람들을 편견 없이 만날 수 있는 심리상담
사가 되어가고 있다. 지금 돌이켜보니 삶에는 우연이란 존재
하지 않는지도 모른다.

　현재, 도저히 이해되지 않는 일들이 벌어지더라도
　자연스러운 일이고
　훗날 그럴 수밖에 없었구나…,

놀라운 자연의 흐름에 전율을 느끼게 된다

난 지금도 설렌다.
앞으로도 어떤 일들이 생길까?
그 일들은 무슨 의미를 가지고 태어나서
바람처럼 왔다 가는 걸까?

단 한 명에게라도 우리 가족의 이야기가
마음에 울림을 준다면 참 좋.겠.다.

마침.

김석미

소설가가 되고 싶었으나 작가들의 글을 읽을수록 글재주가 없음을 뼈저리게 느끼며 사람들 개개인의 삶이 소설임을 알고 심리학을 공부했습니다. 심리상담사로 일하면서 소설보다 스펙터클하면서도 깊고 소중한 삶들을 만나며 하루하루 즐겁게 성장하고 있습니다.

저서
≪현장으로 간 심리학≫

아빠와 이별하는 조금은 특별한 방식
아팠던 기억을 아름다운 기억으로

초판인쇄 2020년 8월 24일
초판발행 2020년 8월 24일

지은이 김석미
펴낸이 채종준
펴낸곳 한국학술정보㈜
주소 경기도 파주시 회동길 230(문발동)
전화 031) 908-3181(대표)
팩스 031) 908-3189
홈페이지 http://ebook.kstudy.com
전자우편 출판사업부 publish@kstudy.com
등록 제일산-115호(2000. 6. 19)

ISBN 979-11-6603-062-8 03810